tatort

Aus der Traum ...

Dieses Buch ist ein Roman. Handlungen und Personen sind frei erfunden. Ähnlichkeiten mit lebenden oder toten Personen sind rein zufällig.

tatort

Aus der Traum ...

von Martin Conrath nach einem Drehbuch von Fred und Léonie-Claire Breinersdorfer

emons:

Mix
Produktgruppe aus vorbildlich bewirtschafteten Wäldern und anderen kontrollierten Herkünften
FSC
www.fsc.org Zert.-Nr. GFA-COC-001223
© 1996 Forest Stewardship Council

Agentur: WDR mediagroup licensing GmbH
Begleitbuch zur gleichnamigen ARD-Serie »Tatort«
ARD-Tatort-Koordinator: Prof. Gebhard Henke, Leiter des
WDR-Programmbereiches Fersehfilm, Kino und Serie
Tatort-Drehbuchautoren: Fred und Léonie-Claire Breinersdorfer
Umschlagfoto: Manuela Meyer
Umschlaggestaltung: Weusthoff-Noël, Hamburg (www.wnkd.de)
Druck und Bindung: CPI – Clausen & Bosse, Leck
Printed in Germany 2009
ISBN 978-3-89705-661-9

Wir bedanken uns bei der Redaktion des Saarländischen Rundfunks für die freundliche Unterstützung.

Die Titelabbildung zeigt Maximilian Brückner als Hauptkommissar Franz Kappl und Gregor Weber als Hauptkommissar Stefan Deininger

EINS

Er hatte es befürchtet. Wieder eine Einbahnstraße, wieder verkehrt, und die Zeit wurde knapp. Wenn er etwas hasste, dann war es Unpünktlichkeit. Vor allem wenn er selbst unpünktlich war. Das hasste er am meisten. Damit er heute pünktlich sein konnte, war er schon gestern losgefahren, hatte die Nacht in einem kleinen Hotel verbracht und war in aller Frühe wieder aufgebrochen.

Er nahm den Fuß vom Gas, warf einen Blick in den Rückspiegel, fuhr sich durch die blonden Haare und stellte fest, dass er immer noch gut aussah für die zweiunddreißig Jahre, die er auf dem Buckel hatte. Er musste grinsen. Auf dem Buckel! Was für ein spinnerter Gedanke, Kruzifix noch mal.

Ein Wagen hinter ihm hupte; Franz Kappl registrierte erst jetzt, dass er fast stehen geblieben war. Mitten auf einer Brücke über den Fluss, den er als Namensgeber dieser Stadt identifizieren konnte. Die Saar – und die dazugehörigen Brücken, die er alle schon mindestens einmal überquert hatte auf der Suche nach seinem neuen Arbeitsplatz. Der Fluss und die Brücken. Saarbrücken.

Am Ufer der Saar erhob sich ein alter Kran, an dem ein Fass hing mit weithin sichtbarer Werbung für Bier. Fast schon heimisch. Aber Kollegen hatten ihn gewarnt. Vor dem Bier und vor dem Land, das angeblich auch heute noch unter einer Decke von Ruß und Dreck begraben war. Montanindustrie – Kohle und Stahl. Davon konnte er allerdings nichts sehen. Im Gegenteil. Kein Ruß, allerdings auch keine vernünftige Beschilderung. Seit vierzig Minuten irrte er durch die Stadt. Es hätte schlimmer kommen können. Er mahnte sich, nicht voreilig zu urteilen. Es konnte immer schlimmer kommen. Sonst wäre er ja nicht hier.

Kappl seufzte, bog rechts ab, passierte einen eckigen Kasten, er schätzte den Bau auf Anfang siebziger Jahre, und dann einen Platz, auf dem unverkennbar das Staatstheater stand, ein Geschenk von Adolf Hitler. Trotzdem ein schöner Bau. Oder zumindest ein beeindruckender. Die Fahnen, die daran hingen und das Programm verkündeten, machten Kappl Appetit auf einen gediegenen Abend in einem Logenplatz. Die Werbung für die Gesangsabteilung des Staatstheaters war ihm auch schon aufgefallen: »So jung und schon Oper.« Ein Wortspiel ganz nach seinem Geschmack. Er war schon lange nicht mehr in der Oper gewesen, so richtig in feinem Zwirn mit einer schönen Frau am Arm. Das Problem war, die schöne Frau kennenzulernen, die zu ihm passte.

Aber vorher musste er erst mal diese verdammte Wie-hieß-sie-noch?-Straße finden. Irgendwas mit einem Grafen Johann. Er fuhr an der nächsten Ampel links, dann ein Stück geradeaus, rechts lag die »Garage«, eine Veranstaltungshalle. Langsam hielt er an, nahm sich noch mal den Stadtplan vor. Das hier musste die Bleichstraße sein. Auf der anderen Seite machte er ein Bordell aus, keine der Frauen gefiel ihm. Kappl würde sowieso nicht in den Puff gehen. Das war für ihn nicht viel besser als Vergewaltigung. Es war sexueller Missbrauch, nur mit anderen Mitteln.

Mit dem Finger fuhr er die Bleichstraße entlang. Warum hatte er eigentlich noch kein Navi? »Weil du ein störrischer, dickköpfiger Bayer bist, so wie ich auch«, hörte er seinen Vater sagen. Ein Bayer im Saarland. Gerade mal eine Million Einwohner, viel Fläche, wenig Stadt, und dann verfranzte er sich nach Strich und Faden. Peinlich. Vielleicht hätte er doch mal fragen sollen? Er beschloss, noch einen Versuch zu machen und im Falle des Scheiterns den nächstbesten Eingeborenen um Orientierung zu bitten.

Er setzte seinen Kombi wieder in Bewegung, ein Wunder, dass der uralte Benz nicht in die Knie ging. Kappl und sein Vater hatten ihn vollgestopft bis an den Rand, fast seine gesamte Habe hatte er untergebracht. Ein paarmal bog er ab, stand plötzlich in einer Sackgasse, überzeugte sich davon, dass er das Schild tatsächlich übersehen hatte, musste rückwärts wieder rausfahren, musste einen anderen Weg nehmen, weil eine Baustelle den Weg versperrte, musste entnervt feststellen, dass die Straßenkarte von Saarbrücken alles andere als aktuell war. Er studierte das Impressum. 1989. Sein Vater hatte ihm die Karte zugesteckt und gesagt, in Saarbrücken habe sich in den letzten zwanzig oder dreißig Jahren sowieso nichts verändert. Das sei tiefste Provinz. Der hatte gut reden. Traunstein war auch nicht gerade der Inbegriff einer pulsierenden Metropole. Sein Vater hatte ihm den Zeigefinger vor die Nase gehalten und sich auf alte politische Traditionen berufen: Hier die Preußen und da die Bayern. Kappl hatte sich informiert. Immerhin war nicht das ganze Saarland preußisch vorbelastet. Ein guter Teil hatte lange unter bayerischer Verwaltung gestanden. Aber das hatte dem Saarland nicht geholfen und half ihm jetzt auch nicht.

Verzweifelt streckte er die Waffen, machte ein älteres Paar aus, das händchenhaltend über den Bürgersteig schlenderte. Er ließ die Scheibe herunter, und noch bevor er etwas sagen konnte, waren die beiden heran und lächelten um die Wette. Kappl war nicht nach Lächeln zumute, er setzte an, verschluckte sich, weil er in tiefstem Bayerisch hatte loslegen wollen, schnalzte ein paarmal mit der Zunge. Die beiden lächelten immer noch, begutachteten diskret den Inhalt des Kombis. Der große schwarze Kasten mit der ohrförmigen Ausbuchtung auf dem Beifahrersitz weckte augenscheinlich ihre Neugier. Endlich bekam Kappl seine Zunge in den Griff.

»Entschuldigen Sie bitte, wo geht's denn hier zur Polizei?«

Der Mann runzelte die Stirn.

»Ei, zu welcher dann?«

Kappl schloss kurz die Augen. »Zur Kripo.«

»Ach so, Sie menne die Kriminalinschpektion. Jo.« Der Mann kratzte sich am Kopf und drehte sich zu seiner Begleiterin um. »Ei sa mo, Elfche, wie kummt ma noch dohin?« Aber bevor Elfche antworten konnte und Kappl die Verzweiflung übermannte, fiel ihm der Weg ein. »Ei das is jo ganz in der Näh! Ei do fahre Se hier gradaus, an der nägscht Ambel rechts und dann no da Poscht links rinn in die Einbahnstroß. Die ganz runner, dann nommo links, ähmol rechts und dann uff de links Seit. Das kammer gar nit verfehle.«

Kappl wollte weiterfahren, aber Elfche lehnte sich in den Wagen, ihre Augen flackerten vor Neugier.

»Me, mei Gudder, was hammer denn für e Problemche?«

Kappl biss sich auf die Zunge. Was auch immer ein »Gudder« sein sollte, er war es sicher nicht für diese Matrone, die den Benz mit ihrem Gewicht in gefährliche Schieflage brachte. Mit dem Zeigefinger deutete er auf den Koffer, auf dem Elfche es sich gemütlich gemacht hatte, und senkte die Stimme fast zu einem Flüstern. Dabei lächelte er sein schönstes Lächeln, das er immer dann auflegte, wenn er ganz harmlos erscheinen wollte oder es auf eine Frau abgesehen hatte.

»Ich muss eine Leiche abgeben.«

Elfche zuckte zurück und schaffte es erstaunlicherweise, ihren Kopf aus Kappls Auto hinauszumanövrieren, ohne sich oder den Wagen zu beschädigen. Der Kombi schaukelte sich wieder in die Waagrechte. Kappl legte den Gang ein. »Aweiler awwa!«, war alles, was sie noch zustande brachte. Kappl beschleunigte, sah im Rückspiegel

Elfche und den Pfadfinder gestikulieren und die Köpfe schütteln. Er hatte sich gründlich geirrt. Es konnte schlimmer kommen. Und das war wahrscheinlich noch lange nicht alles.

***

Stefan Deininger räkelte sich wohlig. Er hatte hervorragend geschlafen, und sein Körper fühlte sich gut an, voll Kraft und Saft. Heute war kein Tag wie jeder andere, es war *der* Tag, auf den er gewartet hatte, seitdem er die Ernennung zum Kriminaloberkommissar ausgesprochen bekommen hatte. Und das war schon ein paar Jahre her. Auf der Fachhochschule für Verwaltung hatte er nicht besonders geglänzt, aber seine Leistungen waren zufriedenstellend gewesen, und im Dienst hatte er sich bewährt. Sein ehemaliger Chef hatte vor Kurzem das Handtuch geworfen; gesundheitliche Gründe hatte er angeführt, aber Deininger wusste es besser. Max Palü hatte die Schnauze voll gehabt von dem ganzen Apparat. Als Leiter des K1, das sich um Kapitalverbrechen kümmerte, hatte er mit dem Staatsanwalt, dem Polizeipräsidenten, dem Innenminister und den Kollegen ständig über Kreuz gelegen.

Deininger sprang aus dem Bett, entledigte sich seines Schlafanzuges, stieg unter die Dusche, trällerte ein Lied vor sich hin: »Das Saarland is e rischtisches Gärtsche …«

Die anschließende Rasur vollzog er besonders gründlich, passte auf, dass auch nicht das kleinste Härchen seines Schnurrbartes gefährdet wurde. Zähneputzen, mit Mundwasser gurgeln und dann der Anzug. Den hatte er sich extra für heute gekauft. Für seinen Geburtstag. Hellbeiger Feincord! Nur die Schuhe, das war irgendwie nichts gewesen, er hatte keine gefunden, die ihm gefallen hätten. Also zog er seine Lieblingstreter an. Fein gestreiftes Hemd, nicht zu grell, eine dunkle Krawatte, die er sich mit geschlossenen Augen um den Hals band. Die Sonne lachte mit ihm um die Wette, als er das Haus verließ. Bis die Kolleginnen und Kollegen kamen, hatte er noch zwei Stunden Zeit. Sein schwarzer Golf wartete auf ihn, nicht der neueste, aber zuverlässig wie ein Schweizer Uhrwerk und vor allem bezahlt.

Er genoss die langsame Fahrt durch die Dreißigerzone, die Tachonadel blieb knapp unter der erlaubten Geschwindigkeit. Er brauchte keine zehn Minuten bis zur Landespolizeidirektion, steckte seinen Dienstausweis in den Schlitz, die Schranke öffnete sich, er stellte seinen Wagen neben ein pinkfarbenes Cabrio, drehte den Rückspiegel so, dass er sich sehen konnte, strich sich über den Schnurrbart, rückte die Krawatte einen Millimeter zurecht und atmete tief durch. Heute war der Tag der Tage. Er hatte es zwar noch nicht schriftlich, aber es gab ja niemanden außer ihm, der die Leitung der Mordkommission übernehmen konnte. Max hatte ihm alles beigebracht. Solide Polizeiarbeit, die auf Erfahrung beruhte, die darauf baute, schnell zuzuschlagen, die natürlich die Fakten nie aus den Augen verlor. Polizeiarbeit, die dem K1 eine Aufklärungsquote von achtundneunzig Prozent beschert hatte. Nur der Fall Weißmüller hatte die Bilanz versaut, Deininger lief es eiskalt über den Rücken, wenn er bloß daran dachte. Also verdrängte er die Erinnerung und konzentrierte sich auf die glänzende Zukunft, die vor ihm lag. Kriminalhauptkommissar und in ein paar Jahren Erster Kriminalhauptkommissar. Weiter wollte er gar nicht. Der gehobene Dienst war nichts für ihn. Sesselfurzer. Wichtige Sesselfurzer, aber trotzdem. Er brauchte die Straße, die Verhöre, den Kontakt zu Menschen und den Dingen, die zu ihm sprachen, wenn er nur genau hinsah und hinhörte.

Der Pförtner winkte ihn zu sich, gratulierte ihm zum

Geburtstag und schenkte ihm ein paar kleine Handschellen zum Anstecken ans Revers. Deininger bedankte sich artig und zählte. Es war das siebte oder achte Paar. Auf jeden Fall war es gut gemeint, und er freute sich über die Geste. Immerhin keine Krawatte. Er sprang die Treppe hoch, durchquerte den grauen Flur, der bei Menschen mit schwach ausgeprägtem Selbstbewusstsein oder stark ausgeprägtem schlechtem Gewissen Gemütsverstimmungen auslösen konnte, allein dadurch, dass er an amerikanische Sicherheitstrakte erinnerte. Der Flur hatte bei einigen Verdächtigen schon bessere Wirkung gezeitigt als ein stundenlanges Verhör. Der graue Kunststoffbelag reflektierte das Licht nicht, sondern verschlang es.

Mit weiten Schritten durchmaß er den Gang des Grauens, bis er vor der Tür stand, an die ein Schild mit der Aufschrift »MOKO« geheftet war. Noch einmal rückte er die Krawatte zurecht, dann trat er ein. Niemand war da. Natürlich nicht. Um neun ging es erst los, immer noch viel Zeit. Aber das Buffet war schon geliefert worden. Er hob eine Plastikfolie an, schob ein paar Gurkenscheiben zurecht, fischte sich ein Stück Lyoner heraus und kostete. Ausgezeichnet. Ganz frisch, nicht zu weich und nicht zu fest im Biss, ausgewogen gewürzt, nicht zu viel Salz. Alle behaupteten, sie könnten Lyoner machen, aber das war ein Irrtum. Deininger kaufte seine Lyoner nur bei Metzgern, die die Wurst noch selbst herstellten. Manch andere Lyoner hatte die Konsistenz von Gummibällen, oder der Darm war aus Kunststoff, das Sakrileg schlechthin.

Er prüfte jede einzelne Platte, kontrollierte, ob genügend Crémant kalt stand, fand alles zu seiner Zufriedenheit. Jetzt konnten sie kommen.

***

Endlich. Die Landespolizeidirektion. Schon zehn nach neun. Franz Kappl stellte seinen Wagen am Straßenrand ab, er hatte noch keinen Dienstausweis und konnte folglich nicht auf den Parkplatz. Mit einem Griff schnappte er sich seine Lederjacke, schlug die Fahrertür zu und lief über die Straße. Menschen gingen aus und ein, niemand fragte ihn, wohin er wollte, also setzte er ein wichtiges Gesicht auf und betrat den Bau, der zum größten Teil eingerüstet war. Aber Farbe allein, dachte Kappl, wird nicht reichen. Die Mauern strahlten Siebziger-Jahre-Mief aus, das Präsidium wirkte wie eine Festung, in die allerdings jeder hineinspazieren konnte, wie es ihm gefiel. Er suchte das K1 und wurde von einem zuvorkommenden Polizeikommissar zu einem Seitentrakt geschickt. Da allerdings war vorerst Endstation. Ein Kartenlesegerät und eine Codetastatur warteten auf seine Legitimation, die er nicht hatte. Zwei Beamte kamen über den Hof und steuerten auf den Eingang zu. Kappl wandte sich ein wenig ab, zog dann seinen bayerischen Dienstausweis, den er vergessen hatte abzugeben, trat auf die Kollegen zu und bat um Einlass. Die beiden wechselten Blicke, die Kappl nicht deuten konnte. Aber sie öffneten ihm mit einem Chip die Tür, baten ihn herein und erklärten ihm den Weg:

»Immer geradeaus, die Treppe hoch, durch die Glastür und dann die vierte oder fünfte rechts.«

Kappl bedankte sich artig und schlüpfte in den grauen Flur, nahm die Treppe im Laufschritt, übersprang jede zweite Stufe, fand die Tür mit der Aufschrift »K1«, drückte sie auf und tauchte ein in eine Stille, die er von bayerischen Wäldern kannte, aber nicht von einer Polizeiinspektion. Nur von ferne drangen Geräusche an sein Ohr, die er aber nicht einordnen konnte. An der ersten Tür rechts prangte ein Schild: »Sachbearbeiter Raub, KK Müller, KK Helm«. Kappl klopfte nicht, er schob die Tür auf, die nur angelehnt war. Niemand da. Computer schnurrten, Neonröhren brannten, Akten lagen geöffnet auf den Tischen. Kappl rümpfte die Nase, verließ das entvölkerte Büro und versuchte es an der nächsten Tür. Nichts. Farbenfrohe Schilder nannten Dienstgrad und Funktion, aber niemand war zu Hause.

»Saarland. Polizei – Anzeigenannahme«, stand auf einer Tür. Kappl rechnete nicht damit, jemanden anzutreffen, und so war es auch. Gähnende Leere. Aber die seltsamen Geräusche wurden lauter. Angenehm eigentlich. Gelächter? Ja, da klang Gelächter über den Flur, das aber plötzlich abriss und einer Frauenstimme Platz machte. Marilyn Monroe. Die Stimme klang wie die von Marilyn Monroe, aber er konnte den Text nicht verstehen. Er pirschte sich an die Quelle des Gesangs heran. Die Tür mit dem großen Schild »MOKO«, dahinter musste sich die Reinkarnation der Monroe verstecken. Vorsichtig öffnete er die Tür.

Der Raum stand voll Menschen, die ihm den Rücken zukehrten, alle waren so gebannt, dass niemand Notiz von ihm nahm. Er hatte sich nicht getäuscht. Da stand Marilyn Monroe in der Blüte ihrer Schönheit, die Fleischwerdung des Ideals Platinblondine, und sang sirenengleich: »Happy birthday to you …« Der Adressat des gehauchten Geburtstagswunsches stand Marilyn direkt gegenüber und entzauberte den Moment. Hellbeiger Feincord. Schnurrbart. Schwarze Hornbrille. Kappl musste schlucken. Aber man hatte ihn ja gewarnt. Fehlte nur noch, dass der Schnurrbartträger rot wurde. Als Marilyn dicht an ihn herantrat, eine Taschenlampe als Mikrophonattrappe in der Hand, wusste der Gratulant nicht mehr, wohin mit seinen Händen. Und er lief tatsächlich rot an. Kappl zählte. Die gesamte Abteilung musste hier sein. Fünfzehn Personen, davon fünf Frauen. Auf schmucklosen Tischen standen Platten, dicht belegt mit Schnittchen und Gürkchen, außerdem Obst und Gemüse und Körbe mit Brötchen aller möglichen Sorten. Ein dicker weißer Rettich zierte eine Papierserviette, gelbe Blümchen in ebenso gelben Übertöpfen verliehen dem Ganzen den finalen Spießeranstrich.

Wie gut, dass es Marilyn gab. Kappl musste sich eingestehen, dass er schon lange keine Frau mehr angefasst hatte, außer bei einer Begrüßung per Handschlag. Mister Feincord grinste wie ein Honigkuchenpferd, Marilyn legte sich ins Zeug und säuselte: »Happy birthday, zukünftiger Hauptkommissar!«, und Mister Feincords Verlegenheit äußerte sich in einer fast peinlichen Übersprungshandlung: Er ließ den Kopf zur Seite pendeln und gab einen Laut von sich, den Kappl als »Ochabernäsowasisdasschön« interpretierte. Marilyn kam leider zum Ende, drückte Mister Feincord ein kleines Päckchen in die Hand, nahm seinen Kopf in beide Hände und outete ihn als »Stefan«. Dann küsste sie ihn einen Moment zu lange auf den Mund, was beim Publikum Begeisterungsstürme hervorrief. »Aweiler Awwa«, drang es an Kappls Ohren, das hatte er bei dem Pfadfinderpärchen vorhin schon mal gehört, einige lachten verlegen oder prusteten neidisch. Man hatte ihn ja gewarnt! Dieser Stefan sollte also ursprünglich der neue Hauptkommissar werden. Und Leiter der Mordkommission. Heiliger Antonius!

Eine Frau Anfang fünfzig trat vor, reichte Stefan ein Sektglas. Kappl erkannte sie sofort. Das war Gerda Braun, Teilzeitsekretärin für Mord und Diebstahl, die Seele der Abteilung. Er hatte eine Kurzfassung der Personalakten angefordert und sie studiert. Ein feiner Wissensvorsprung.

»Herzlichen Glückwunsch zum Geburtstag, Stefanche.« Sie stieß mit Mister Feincord an, die Gläser klirrten hell, Sekt schwappte aus ihrem, sie kicherte verlegen. Nobody is perfect, dachte Kappl und kratzte sich hinter dem Ohr. Er würde gut mit ihr zurechtkommen, da war er sich sicher.

Frau Braun sprach weiter: »Und alles Gute für die Zukunft. Du wirst bestimmt ein guter Chef.«

Kappl wurde es heiß, er senkte den Kopf, der Brief in seiner Hosentasche wurde schwerer und schwerer. Auf jeden Fall würde Kappl *seinem* ehemaligen Chef einen gehörigen Einlauf verpassen. Er kam sich vor wie der Wolf in der Schafherde.

Das Publikum applaudierte, aber das Geburtstagskind grinste und winkte ab.

»Danke, Gerda, warten wir, bis es amtlich ist.«

Marilyn klimperte mit den Wimpern. »Wird schon, Stefan, wird schon!«

Gerade wollte Kappl dem Geburtstagskind eine gewisse Größe zugestehen, da nickte der, als sei er bereits Polizeichef, hob sein Glas und prostete den Gästen zu, ging die Reihe ab und stieß mit jedem an. Zum Schluss prostete er Marilyn zu.

»Prost, Kathi«, sagte er, und seine Stimme wurde weich. Die beiden waren kein Paar, das war Kappl klar. Wahrscheinlich eine Bekannte, die singen konnte, oder eine Schauspielerin vom Theater. Glückwünsche huschten durch den Raum, der »neue Chef« wurde von allen mit Wohlwollen akzeptiert. Kappl entschied, dass die kleine Feier einen Höhepunkt brauchte, und trat einen Schritt vor.

»Guten Tag«, grüßte er.

Mister Feincord, angeblich »zukünftiger Hauptkommissar und Leiter des K1, der Saarbrücker Mordkommission« Stefan Deininger, wandte sich dem Besucher zu und erteilte, ganz der neue Chef, Auskunft.

»Anzeigeerstattung ist auf Zimmer 315, rechts den Flur runter.«

Kappl drehte sich leicht, wies auf die Tür, bemühte sich, seine Ungeduld zu verbergen. »Da steht: ›Komme gleich!‹«

Stefan Deininger lachte und erteilte dem Besucher eine

Lektion. »Dann warten Sie halt vor der Tür, bis gleich jemand kommt.« Die anderen stimmten ein in sein Lachen, Kappl schwoll der Kamm, aber er beherrschte sich. Abgerechnet wurde immer erst am Schluss. Also blieb er ganz ruhig und machte das, was er als Profi immer machte: erst mal die Fakten abklären.

»Hier ist doch das K1?«, fragte er und schaute sich um.

Ein älterer Mann mit dunkler Stimme gab ihm Antwort: »Ja, wieso?«

Das musste Horst Jordan, der Leiter der Spurensicherung, sein.

Mit einer Bewegung, als wollte er einen Colt ziehen, flog der Brief aus seiner Gesäßtasche hin zu Stefan Deininger.

»Dann bin ich hier richtig.« Kappl hielt Deininger das auf den ersten Blick harmlose weiße Blatt Papier hin. Der stellte sein Glas auf den Tisch, griff mit einer Hand zu, in der anderen hielt er noch das Geschenk, das ihm Kathi überreicht hatte. Der Brief flatterte auseinander, Deininger begann zu lesen und erbleichte.

»Aber ... das kann ja wohl nicht ...« Er hob den Kopf, die Leichenblässe war einer gefährlichen Rotfärbung gewichen.

Kappl beschlich ein ungutes Gefühl, sein schlechtes Gewissen regte sich. Vielleicht hätte er doch unter vier Augen mit Deininger reden sollen.

»Das gibt's ja wohl nicht«, sagte der, drückte Gerda Braun den Wisch in die Hand, die ebenfalls zuerst blass wurde, um dann rot anzulaufen. Marilyn begriff nichts, außer dass die Stimmung schlagartig unter den Gefrierpunkt gesunken war.

»Was ist denn los?«, fragte sie und wandte sich an Kappl. »Wer sind Sie denn überhaupt? Was wollen Sie hier?«

Kappl hatte inzwischen begriffen, dass er einen Fehler

gemacht hatte. Ja, dieser Deininger hatte sich ziemlich aufgeblasen und ihn, Kappl, mit seiner Bemerkung über die Anzeigenaufnahme vor allen lächerlich gemacht. Ja, dieser Deininger hatte das Bärenfell schon an die Wand gehängt, obwohl Meister Petz noch frei herumlief. Und ja, dieser Deininger, dieser Prototyp eines Provinzbullen mit seinem Feincord, den Buchhalterflecken an den Ellbogen und den Fitnesstretern, war ihm schlicht unsympathisch. Vorsichtig formuliert.

Da war wohl im Verwaltungsapparat gründlich was schiefgegangen. Wäre nicht das erste Mal gewesen, und es würde auch nicht das letzte Mal sein, und der Meister des Feincords konnte nichts dafür. Also versuchte Kappl sich in Schadensbegrenzung.

»Kappl, Franz«, sagte er möglichst verbindlich und lächelte dabei, als wollte er einen Staubsauger verkaufen. »Aus Traunstein.« Nichts als fragende Blicke. »Euer neuer Hauptkommissar.« Das Lächeln wurde anstrengend. »Seit«, er schaute auf die Uhr, bemüht, witzig zu wirken, »seit genau vierzehn Stunden und achtunddreißig Minuten.«

Der Effekt war durchschlagend. Stefan Deininger stürmte aus dem Raum wie ein angeschossener Tiger.

Kappl steckte das erst mal weg und legte nach. »Guten Tag, Kollegen.« Was ein Strahlen über das ganze Gesicht werden sollte, geriet zu einem verkrampften Verziehen der Mundwinkel. Er spürte sein Blut in den Adern.

Gerda Braun murmelte etwas, das wohl »Guten Tag« heißen sollte, klackte ihr Sektglas auf den Tisch und verließ den Raum wie ein Racheengel. Horst Jordan drückte Kappl den Brief in die Hand, schaute an ihm vorbei und quetschte eine Begrüßungsfloskel zwischen den Zähnen hindurch. Ein anderer begaffte Kappl, als käme er aus dem Zoo. Na toll, dachte Kappl. Ich habe keine zehn Sekunden gebraucht, um aus einer beschwingten Feier ein Begräbnis zu machen. Nur Marilyn war geblieben und schaute Kappl mitleidig an.

»Ja. Tag.«

Sie stellte ihr Glas ab und wandte sich ihm im Gehen noch einmal zu.

»Tut mir leid, aber das kommt alles ...«, sie zögerte, machte eine Bewegung, die ihre Hilflosigkeit ausdrückte, »... sehr überraschend.«

Schon war sie verschwunden, und nur der Duft ihres Parfüms und der Klang ihrer samtweichen Stimme blieben zurück.

Kappl sah ihr hinterher und knetete seine Jacke in den Händen.

»Ja«, sagte er zu den Gewürzgurken, »das Gefühl habe ich auch.« Sein Magen knurrte. Eigentlich hätte er sich so ein Buffet zu *seiner* Begrüßung gewünscht. Und ein Spruchband mit »Willkommen, Kappl!« oder irgendetwas in der Art. Nur eine Geste. Stattdessen hatte er so tief ins Klo gegriffen, dass er nicht wusste, wie er seine Hand da wieder herausbekommen sollte.

Er trat zum Buffet, nahm sich ein Schnittchen, biss hinein. Wirklich lecker. Der Nudelsalat ebenfalls. Und das Weißbrot war knusprig frisch. Er begutachtete die Etiketten der Weinflaschen. Weißburgunder, Jahrgang 2003. Grauburgunder, 2006. Alles Weine aus der Gegend. Perl, Wintringen. Mosel-Saar-Ruwer. Das Anbaugebiet kannte man sogar in Bayern. Er studierte die Etiketten. Qualitätsweine, mit Prädikat und Auszeichnungen, stellte die Flaschen zurück. Okay, er hätte vorsichtiger vorgehen können. Aber er konnte für die Schlamperei der Personalverwaltung ebenso wenig wie Stefan Deininger.

Mit spitzen Fingern fischte er sich eine Gewürzgurke von einer Platte und kaute genüsslich. Kappl beschloss, die Sache mit Deininger zu klären und noch mal von vorne anzufangen. Mit so einer miesen Stimmung im Team wollte er nicht einsteigen. Wäre er an Deiningers Stelle gewesen, er hätte jetzt beim Personalchef gestanden und seinem Frust freien Lauf gelassen.

Er zog noch mal den Brief zu Rate. Zimmer 324. Sein neues Büro. Bevor er ging, genehmigte er sich noch ein Stück Lyoner und fand, dass diese Art der Fleischwurstzubereitung durchaus ihren Reiz hatte. Neben der Zubereitung war die Aussprache wichtig, das hatte er in einem Saarlandführer gelesen. Nicht wie die Stadt Lyon mit »er« am Ende, sondern »Lie-oh-ner«. Nichts gegen anständige »G'schwollene« oder einen Leberkäs von Kappls Metzgerei in Traunstein, aber immerhin genießbar. Gut. Die Willkommensfeier war zu Ende, jetzt hieß es die Arbeit aufnehmen.

Er trat hinaus auf den Flur, der verlassen und einsam vor ihm lag, alle hatten sich in ihre Büros verkrochen. Ohne die Zimmernummer hätte Kappl ein Problem gehabt. Nirgends stand sein Name zu lesen. Nicht zu fassen. Was war das hier für ein Schlampladen? An Zimmer Nummer 324 prangte nur der Name seines neuen Kollegen: »Stefan Deininger, Kriminaloberkommissar«. Darüber fehlte offensichtlich ein Namensschild. Kappl konzentrierte sich einen Moment, dann trat er ein.

Deininger war nicht da. Aber immerhin war sein zukünftiger Schreibtisch aufgeräumt. Nur Maus und Tastatur warteten und, nicht zu glauben, ein Computermonitor mit Bildröhre. Unter dem Tisch stand ein Rechner, der damit angab, dass Windows 2000 auf ihm installiert sei. Kappl atmete auf. Wenigstens ein halbwegs vernünftiges Betriebssystem, obwohl er lieber mit Unix arbeitete. Ein Fax blinkte auf einem Rolltisch, ein Tintenstrahldrucker wartete auf Befehle.

Deiningers Schreibtisch zeigte deutliche Spuren ständiger Benutzung: Schreibwerkzeuge, Akten, eine Kaffeetasse, aber nichts Persönliches. Kein Bild von einer Freundin, Frau oder von Kindern. Kappl hatte das auch nicht erwartet. Deiningers Akte hatte ihn als engagierten Polizisten geschildert, der sein Privatleben ganz in den Dienst der Arbeit stellte. Sein Überstundenkonto platzte aus allen Nähten, und es gab einige Vermerke, in denen er aufgefordert worden war, Überstunden abzubauen. Wenigstens das hatten sie gemeinsam. Ansonsten galt Deininger als Quertreiber, ja schon fast als Anarchist, der seine Gefühle nicht unter Kontrolle hatte und deswegen im Personalkarussell noch am Kartenschalter stand. Die Reaktion vorhin war dafür ein klares Indiz gewesen.

Kappl lehnte sich an die Fensterbank, betrachtete die Autos auf dem Parkplatz. Eine junge Frau kam aus dem Eingang. Kappl stutzte. Marilyn. Ja, das war Marilyn. Allerdings ohne Perücke, ihre eigenen Haare waren eher honigfarben als platinblond. Das weiße Kleid hatte sie gegen einen knielangen Rock getauscht, statt der hochhackigen Fersenbrecher trug sie braune Lederstiefel. So gefiel sie ihm wesentlich besser. Ihr Gang war selbstbewusst und gerade so, als wäre sie in Eile, aber noch nicht in Hetze. Sie fuhr sich durch die langen lockigen Haare, blickte sich noch einmal um. Eine bildschöne Frau, die pure Lebenslust ausstrahlte, eine Versuchung für jeden Mann. Wie sie wohl damit zurechtkam? Kappl rief sich zur Ordnung. Er sah Marilyn in ihren Peugeot 106 steigen, sie hantierte noch irgendetwas, dann fuhr sie zügig vom Hof.

Kappl ließ sich an seinem Schreibtisch nieder, griff sich eine Akte und vertiefte sich in die Ermittlungen einer wahrscheinlichen Selbsttötung.

***

Es hatte Stefan Deininger nichts genutzt. Fünf Minuten hatte er im Personalbüro Dampf abgelassen. Aber die Sachbearbeiterin, deren Namen er noch nicht mal kannte, hatte nur dagesessen wie ein Buddha und gegrinst. Seit zwanzig Jahren riss er sich jetzt hier den Arsch auf, und dann setzten ihm diese ... diese ... – er fand kein passendes Wort, schnappte nach Luft und wurde fündig – diese *Grünlichtblockierer* so einen arroganten Schülerlotsen aus Bayern vor die Nase! Aber der würde sich noch umgucken! Schließlich kannte *er* das Saarland wie seine Westentasche. Bevor dieser Kappl überhaupt piepen konnte, würde er die richtige Spur gewittert haben, egal in welchem Fall, und sie gnadenlos verfolgen. Der bayerische Schnösel würde sich ein ums andere Mal so blamieren, dass er sich wünschte, er wäre in seinem verfluchten Traunstein geblieben.

Magensäure kratzte in seiner Speiseröhre. Der Verkehr donnerte über die Stadtautobahn, die Saarbrücken zerschnitt wie eine hässliche Narbe, die schmerzte, sobald man an sie dachte. Er straffte sich, ging ein Stück an der Saar entlang und dann schnurstracks zu Ediths Kiosk.

»Gehen Sie nicht über Los, werden Sie nicht Hauptkommissar, verfluchte Scheiße noch mal«, grummelte er vor sich hin. Er baute sich an der Theke auf, und Ediths Blick verriet ihm, dass man ihm seinen Frust auf hundert Meter ansah.

»Tach, Edith, gib mir 'nen Schnaps.«

Edith trocknete ein Glas ab und zog die Augenbrauen hoch. »Schnaps? Schon so früh? Was is denn, Stefansche?« Wäre es nicht Ediths Kiosk gewesen, er hätte den Laden am liebsten in Schutt und Asche gelegt.

»Nix is. Das is!« Er verzog keine Miene.

Edith zuckte die Schultern und schenkte ihm einen Klaren ein. »Und was willst du diesmal wissen?«

Deininger kippte den Schnaps und schüttelte sich wohlig. »Nix.«

Edith schürzte die Lippen. »Das kannst du deiner Oma erzählen, aber nicht mir! Also. Rück schon raus damit.«

Deininger riss es in den Eingeweiden. Am liebsten hätte er die ganze Flasche leer gemacht, aber damit hätte er dem Neuen nur einen Vorwand gegeben, ihn rauszuschmeißen.

»Nix is mit Hauptkommissar!«

Edith ließ die Flasche auf den Tresen sinken. »Awwer, das kann doch nit sin!« Sie schenkte ihm einen zweiten Schnaps aus, aber er winkte ab.

»Nee, nee. Dem werd ich's zeigen. Weißt du was?«

Edith nickte. »Klar weiß ich was! Das weißt du doch.«

Deininger stach seinen Zeigefinger in den Himmel. »Der kriegt jetzt erst mal eine anständige Überdosis!«

Edith griff seine Hand. »Mensch, Stefansche, jetzt mach awwer mo ke Kwatsch!« Sie wechselte wieder ins Hochdeutsche. »Das ist es doch wirklich nicht wert.«

Deininger grinste teuflisch. »Und ob es das wert ist.«

***

Kappl suchte und fand das Personalbüro, nahm seinen Dienstausweis entgegen und das Namensschild für die Tür, ignorierte die neugierigen Blicke, bedankte sich mit schiefem Lächeln für die vorbildliche Abwicklung, ignorierte die daraufhin feindseligen Blicke, ignorierte die Tür, die er offen stehen ließ, fuhr sein Auto in den Hof, nahm seinen Laptop und kehrte ins Büro zurück.

Er hatte den Dienstrechner hochgefahren, sich die Software angesehen und war in leise Verzweiflung verfallen. Ein Intranet war natürlich vorhanden, er hatte auch Zugang zu allen einschlägigen Polizeidatenbanken. Aber das war es auch schon. Eine Textverarbeitung gab es, die allerdings schon vor fünf Jahren auf den Markt gekommen war. Eine Tabellenkalkulation – Ende. Seine Kollegen in den Staaten hätten die ganze Abteilung erst mal dichtgemacht und technisch auf den neuesten Stand gebracht. Vielleicht hätte er das Angebot doch annehmen sollen. Nein, die Entscheidung war richtig gewesen. Solange sein Vater ihn brauchte, würde er Deutschland nicht verlassen. Wenn es ernst wurde, konnte er innerhalb von vier Stunden zu Hause sein. Er schob den klobigen Monitor zur Seite, der mindestens vier Kilo wog, und packte seinen Laptop aus. Ein Geschenk des New York City Police Departments. Offiziell. Inoffiziell hatten die Kollegen zusammengelegt, und das Department hatte die Software beigesteuert, die allerdings einen Wert von gut und gerne zehntausend Euro hatte. Analyseprogramme, Falldarstellung, Zeitstrahlsoftware, Netzplan. Elektronische Datenhaltung für jedes verdammte Detail eines Falls. Bei den New Yorker Kollegen war eine ganze Abteilung mit hundertdreiundzwanzig Kollegen nur mit der Erfassung der Daten beschäftigt, sodass jederzeit alle Informationen über jedes Ermittlungsverfahren im Intranet zugänglich waren. Indizes ermöglichten die blitzschnelle Erkennung von Querverbindungen, ein ausgefuchstes System von Berechtigungen verhinderte unautorisierte Zugriffe. Zumindest theoretisch.

Kappl schloss den Laptop an, verband ihn mit dem Drucker und dem Intranet, fuhr ihn hoch und sinnierte über dem Logo des NYPD, als Stefan Deininger mit Gerda Braun im Schlepptau und Aktenstapeln auf dem Arm hereinkam und sie ihm auf den Schreibtisch knallte. Ein Papierberg, der einzustürzen drohte und dabei zweifelsfrei seinen Laptop unter sich begraben würde.

»So, Herr Kappl, das sind sämtliche Personalakten des K1 und unsere aktuellen Ermittlungsakten. Da können Sie sich ein Bild vom Stand unserer Leichensachen machen.«

Deiningers beleidigt-überhebliches Gesicht ließ Kappls Blut kochen. Normalerweise hätte man ihm für eine solche

Unverschämtheit eine Abmahnung aussprechen müssen. Und dann wären alle Chancen auf eine Beförderung für die nächsten zehn Jahre beerdigt gewesen. Aber er sagte sich: Mach langsam, Kappl, der arme Kerl hat jahrelang auf seine Beförderung gewartet, und jetzt sitzt du ihm vor der Nase. Er registrierte, dass Frau Braun mit dem Vorgehen wohl nicht so glücklich war. Sie zog sich mit gequälter Miene zurück. Nein, er würde nicht mit dem Vorschlaghammer kommen, sondern den Fehdehandschuh aufnehmen. Eine Überdosis Akten? Kein Problem. Die Personalakten kannte er ja schon grob, und die Leichensachen? Das war erst mal Deiningers Geschäft.

Kappl legte anständig Eis in seine Stimme. »Aktenvortrag.« Er wartete einen Moment und fixierte Deininger. »Bitte«, schob er nach, in einem Ton, der jedem Autisten klarmachte, dass es der Befehl eines Vorgesetzten war. Kappl wich dem Blick seines Untergebenen nicht aus. Deininger hielt dreißig Sekunden durch, dann griff er sich die erste Akte.

»Ein Reitunfall.« Kunstpause. Er ließ die Akte auf Kappls Schreibtisch plumpsen.

»Zwei Selbstmorde, einmal Brücke, einmal Pulsadern.« Plumps, plumps.

»Eine Rentnerin, seit vier Wochen tot in der vermüllten Wohnung.« Plumps.

»Und hier noch eine Unfallflucht mit Todesfolge auf der A 6«, er legte Nachdruck in die letzten beiden Worte und verschränkte demonstrativ die Arme hinter dem Kopf, »Herr Kappl.«

Kappl schürzte die Lippen. Das kannst du haben, dachte er. Mal schauen, wer von uns weiter pinkeln kann. Also schlug er den Deckel der Akte »Unfallflucht mit Todesfolge« auf. Gut. Ein Inhaltsverzeichnis mit Verweis auf den Spurenordner, den Deininger ebenfalls mitgebracht hatte.

Kappl versank in den Ermittlungen, saugte die Fakten auf, studierte die Fotos, das Tatbild, den Tatort. Insgesamt gute Arbeit, stellte er fest. Vergeblich suchte er den Verweis auf das Tatortvideo. Hatten die nicht gefilmt? Er machte sich eine Notiz.

Die nächste Akte. Die Pulsadern. Wie erwartet eine blutige Angelegenheit, denn die junge Frau hatte offenbar gewusst, was sie tat, und nicht nur herumgespielt und sich ein bisschen die Haut geritzt. Mit einem gezielten Schnitt hatte sie sich die Pulsader des rechten Handgelenks geöffnet. Das Blut war quer durch den Raum gespritzt. Immer wieder spitzte Kappl zu Deininger hinüber, aber dessen Miene blieb versteinert.

Zurück zur Selbsttötung. Abschiedsbrief vorhanden. Motiv vorhanden. Keinerlei Hinweise auf Fremdeinwirken. Die Akte konnte zum Staatsanwalt. Kappl machte den entsprechenden Vermerk, unterzeichnete mit »KHK Franz Kappl, Leiter K1« und legte die Akte zu den erledigten.

Die Zeit lief davon, wie sie es immer tat, wenn Kappl sich in die Materie vertiefte. Die Stimmung hatte sich immer noch nicht verbessert, wie zu erwarten. Was hast du auf dem Führungsseminar gelernt?, fragte er sich. Ein guter Vorgesetzter ist Vorbild, stellt seine persönlichen Empfindlichkeiten zurück und vermittelt bei Konflikten. Er versuchte Augenkontakt mit Deininger herzustellen, aber der ignorierte ihn geflissentlich.

Kappl räusperte sich lautstark, und tatsächlich, Deininger erbarmte sich und blickte auf.

»Vielleicht sollten wir einfach …«

Kappl kam nicht dazu, zu Ende zu sprechen. Gerda Braun stürzte in den Raum, außer Atem, Sorgenfalten im Gesicht.

»Leichenfund, weiblich, Mitte zwanzig, An der Mühle 2. Streife ist schon angefordert.«

Deininger machte im Sitzen eine Drehung, griff sein Jackett, wiederholte, was Gerda Braun gerade eben gesagt hatte.

»An der Mühle 2? Weiblich, Mitte zwanzig? Scheiße!«

»Was ist denn?«, fragte Kappl leicht genervt. So ein verdammter Hühnerhaufen hier.

Gerda Braun schien ein Gedankenblitz getroffen zu haben. Sie verlor schlagartig ihre Gesichtsfarbe.

»Ach Gott! Da wohnt ja es Kathi.« Sie knetete den Zettel, auf dem sie sich die Adresse aufgeschrieben hatte.

»Kathi?«, fragte Kappl. »Welche Kathi?« Noch während er die Frage stellte, beschlich ihn ein ungutes Gefühl.

»Na unsere Kathi, Kathi Schaller, die Marilyn. Die mit der Perücke. Die hatte sich für heute Nachmittag freigenommen.«

»Ach du Scheiße!« Kappl sprang auf und rannte seinem Kollegen hinterher, holte ihn erst ein, als der schon im Wagen saß und den Motor startete.

Kappl klatschte das Blaulicht aufs Dach, Deininger gab Gas, dass die Reifen auf dem Asphalt durchdrehten. Kappls Herz schlug bis in den Hals. Er war noch keinen Tag hier im Dienst, und schon flatterte die erste Leiche auf den Schreibtisch. Und noch dazu eine Kollegin und Bekannte seines verprellten, hochnervösen Kollegen Deininger, dessen Alarmlampen sowieso schon auf Rot standen. Genauso verhielt er sich. Der Blick stur auf die Straße geheftet, kein Wort, der ganze Körper ein Block aus Eisen, ein Fahrstil wie Michael Schumacher.

Sie brauchten keine zehn Minuten, Deininger machte eine Vollbremsung, sprang aus dem Auto, ließ den Schlüssel stecken und die Tür offen; Kappl fluchte, zog den Schlüssel ab und knallte die Tür zu. Wenn das so weiterging, würde der Kerl noch den Tatort unbrauchbar machen. Er sprintete hinterher, die Treppe hoch. Deininger wurde langsamer.

Wahrscheinlich jagte die Angst vor der gnadenlosen Wahrheit, vor der Tatsache, dass Kathi tot war, durch seinen Körper. Eine Polizeikommissarin stand an der Tür, machte den Weg frei, Deininger blieb kurz stehen.

»Wo?«, fragte er tonlos.

Die Kollegin drehte den Kopf in Richtung Wohnung.

»Im Wohnzimmer. Die Nachbarin hat sie gefunden und 110 angerufen.«

Deininger ging weiter, Kappl holte tief Luft. Die Tatortbereitschaft war noch nicht da, jetzt hieß es Schadensbegrenzung, damit keine Spuren zerstört wurden. Hatten die saarländischen Polizisten denn gar keine Ahnung von Todesermittlungsarbeit? Zumindest für die Schuhe hätten sie Überzieher anlegen müssen. Beim ersten Blick auf den Türrahmen waren Kappl die Einbruchspuren aufgefallen. Die Folgen des Hebels am Schließer waren deutlich zu erkennen.

Er folgte Deininger durch einen schmalen Flur; zumindest gab es keine sichtbaren Schuh- oder Fußspuren, in die Deininger hineintrampelte. Wie ein Anfänger benahm er sich oder doch wie ein Geliebter? Kappl war sich nicht sicher. Bei der Feier hätte er schwören können, dass die beiden nichts miteinander hatten, aber jetzt?

Der Anblick einer Leiche war nie angenehm, auch nicht nach zehn Jahren Dienst. Aber für Kappl gab es Zeit zum Trauern, nämlich wenn der Job gemacht war, und Zeit zum Ermitteln, und die war genau jetzt. Sie traten um die Ecke. Kappl nahm das Bild in sich auf, so wie er es von seinen amerikanischen Kollegen gelernt hatte. »Schalte alle Emotionen aus. Werde zur Kamera. Werde zum Automaten. Das klingt brutal und unmenschlich, aber du brauchst es, um die Fakten zu erkennen. Und das, was hinter den Fakten steckt.«

Also ließ Kappl seine innere Kamera laufen: eine Frau,

mir persönlich bekannt, etwa Mitte zwanzig, attraktiv. Rückenlage. Gesicht zur Eingangstür hingewandt, Augen offen. Beine nach links angewinkelt, der rechte Arm unter ihrer rechten Seite. Drei Einschüsse in der Brust. Eine Blutlache hat sich unter der Toten ausgebreitet und den hellen Teppich links von ihrem Oberkörper in einem Durchmesser von etwa sechzig Zentimetern durchtränkt und eingefärbt. Folgerung: starker Blutverlust vor Eintritt des Todes. Kollege Deininger kniet vor der Toten, betrachtet sie eingehend. Beim ersten Anblick hat er einen Moment geschwankt und dabei an einer Wand Fingerspuren hinterlassen. Er ist emotional schwer involviert. Außer einem gehauchten »Oh Gott« sagt er nichts. Nach etwa dreißig Sekunden springt er auf und verlässt fluchtartig den Tatort.

Kappl schaltete seine Kamera wieder aus, zog sich vorsichtig zum Eingang zurück, der immer noch von der Kollegin bewacht wurde.

Er baute sich vor ihr auf und lächelte.

»Verzeihung, wie ist Ihr Name?«

»Maria Müller.«

»Sehr gut. Und wie ist mein Name?« Kappl hörte nicht auf zu lächeln.

»Wie? Das verstehe ich nicht. Ich kenne Sie ja gar nicht.«

Kappl nickte zustimmend und wartete noch einen Moment, um ihr eine Chance zu geben. Sie schluckte hart.

»Ich meine«, stotterte sie, »Sie sind doch mit dem Stefan gekommen, da muss das doch seine Ordnung haben, oder nicht?«

»Mit dem Stefan! Soso. Und der darf beliebig irgendjemanden an einen Tatort schleppen, der weder gesichert noch erfasst worden ist?«

Maria Müller begann zu schwitzen. »Nein, natürlich nicht, aber so ist das hier. Wir kennen uns halt und vertrauen uns.«

Kappl zog seinen Ausweis und hielt ihn der Beamtin vor die Nase. Die las und schwitzte noch ein bisschen mehr.

»Ach Sie sind das ...« Sie unterbrach sich und biss sich auf die Lippe.

Kappl kämpfte seine Wut nieder. »Sie haben verdammtes Glück, dass ich heute meinen ersten Tag hier habe und deshalb Gnade vor Recht ergehen lasse. Wenn ich so etwas noch mal erlebe, dann haben Sie ein Diszi am Hals, dass es nur so kracht«, flüsterte er. »Ist die Tatortbereitschaft informiert?«

»Ja, natürlich, die müssen jeden Moment kommen.«

»Warum ist der Tatort noch nicht abgesperrt?« Kappl hob die Hand. »Ich will es gar nicht wissen. Heute ist Generalamnestie. Aber ab morgen, und das können Sie Ihren Kollegen gerne per Flurfunk mitteilen, mache ich jeden, der schlampt, anständig zur Sau. Ist das klar?«

Maria Müller nickte nur stumm. Kappl ging die Treppe hinunter und wurde kurz vor dem Ausgang von einer weiteren Beamtin gestellt, die allerdings die Hand an die Waffe legte und ihn anrief, er solle sich identifizieren.

Na wenigstens eine, die anständige Arbeit leistet. Er zog seinen Ausweis, die Kollegin entspannte sich und setzte zu einer Entschuldigung an, aber Kappl winkte ab.

»Das haben Sie genau richtig gemacht, Frau ...?«

»Müller. Sigrid Müller.«

Kappl verzog das Gesicht. »Haben Sie eine Schwester, die auch Polizistin ist?«

»Ach, Sie meinen die Doro Müller?«

Kappl lachte kurz und schüttelte den Kopf. »Nein, das ist wohl eine Verwechslung, kein Problem. Machen Sie weiter. Schönen Tag noch.«

Er trat auf die Straße, hielt allen Beamten seinen Ausweis hin. Zufrieden registrierte er, dass der Tatort endlich abgesperrt wurde. Grün-weißes Band mit der Aufschrift

»Polizei« hielt die Gaffer davon ab, noch mehr Spuren zu zerstören.

Männer in weißen Anzügen machten sich bereit. Einen erkannte Kappl von der Feier. Es war Horst Jordan, der Chef der Tatortbereitschaft und der Spurensicherung. Er trat zu ihm.

»Spurensicherung?«

Der Mann ließ sich nichts anmerken. Kein Wiedererkennen. Kein »Ach Sie sind das, Herr Kappl. Na dann mal los«. Nichts. Pure Feindseligkeit.

»Ja?«

»Wer ist der Leiter?«

»Ich.« Knapper ging's nicht.

»Wie heißen Sie?« Kappl fragte sich, ob Jordan ihm nur seinen Nachnamen nennen würde oder vielleicht nur die Initialen.

»Horst Jordan.«

Immerhin. Vor- und Zuname. Das war doch zumindest einen Händedruck wert. Kappl streckte ihm die Hand hin, und Jordan wollte tatsächlich zugreifen, aber er hatte bereits die Latexhandschuhe an, und beide zogen ihre Hände wieder zurück. Genug Höflichkeiten gewechselt, dachte Kappl und holte zum Erstschlag aus. Die würde er schon in die Spur bekommen.

»Wo ist der Videokoffer?«

»Ich fotografiere nur.« Jordan wandte sich ab und tauchte unter der Absperrung hindurch.

»Ihr setzt kein Video zur Aufzeichnung am Tatort ein?« Kappl machte zwei Schritte auf ihn zu.

Jordan gab einen Laut von sich, der wohl »Nein!« heißen sollte. Damit hatte Kappl gerechnet.

»Ab sofort wird auch gefilmt, einschließlich der Gaffer vor der Absperrung.«

Sein Befehlston gefiel Jordan offensichtlich nicht wirklich. Er grinste. »Das machen noch nicht mal die Amis im Fernsehen.«

Genau die Antwort hatte Kappl erwartet. »Das machen die sogar in der Praxis, weil sich in zwanzig Prozent aller Fälle der Täter am Tatort blicken lässt.«

Jordan glaubte anscheinend immer noch, Kappl wolle nur Konversation machen. Kappl wusste, dass Jordan als Leiter der Tatortbereitschaft die Hoheit über den Tatort besaß und darüber entscheiden konnte, wer hineindurfte und wer nicht. Selbst wenn der Innenminister gekommen wäre – Jordan hätte ihn des Tatorts verweisen können. Aber wie die Ermittlungen geführt wurden, das entschied einzig und allein der Leiter des K1, und das war Franz Kappl. Jordan wandte sich zum Gehen.

»Ich glaube nur der Statistik, die ich selber gefälscht habe.« Er lachte überheblich.

Es war an der Zeit, das Wettpinkeln zu beenden und klarzustellen, wer hier das Sagen hatte. Kappl griff Jordan unsanft am Arm, riss ihn zu sich herum, setzte eine Krokodilsmiene auf.

»Ich will, dass ihr filmt, klar?«

Jordan hob den Kopf, machte sich frei, ging einen Schritt rückwärts und nickte fast unmerklich. Kappl erkannte, dass er bei Jordan wohl die richtige Strategie angewandt hatte. Würde er Deininger so anpacken, würde es in einer Prügelei enden. Deininger und er – zwei Alphatiere, die um denselben Knochen balgten, jeder davon überzeugt, dass er nur ihm selbst zustehe. Aber so war nun mal das Leben.

Kappl stellte sich den Beamten vor, besprach die weitere Vorgehensweise und bemühte sich, von deren Erfahrung und Kenntnis der Verhältnisse zu profitieren. Deininger war abgetaucht, und das war auch gut so, in dem Zustand konnte er ihn nicht gebrauchen. Nach einer guten Stunde meldete Maria Müller, dass der Tatort jetzt begehbar sei, die Pfade seien abgesteckt. Kappl betrat erneut die Wohnung, die jetzt von Menschen in weißen Anzügen bevölkert war. Er suchte Horst Jordan und teilte ihm leise mit, dass Deininger den Tatort betreten und wo er wahrscheinlich seine Spuren hinterlassen hatte und dass man das nicht an die große Glocke hängen müsse, schließlich hänge Deininger ja emotional tief drin in der Sache. Jordan nickte nur, und Kappl fragte sich, ob er sich nicht vielleicht zu sehr einschleimte. Wie auch immer. Mit Jordan musste er auf jeden Fall auskommen, der Mann war ein verdammt guter Polizist, seine Akte strotzte von Belobigungen. Das mit dem Video war zwar keine Kleinigkeit, aber bisher hatten Jordan und sein Team mit ihren Methoden hervorragende Ergebnisse erzielt. Was Kappl so aufgebracht hatte, war das stoische »So haben wir es immer gemacht, so werden wir auch weitermachen«, das Jordan vor sich hergetragen hatte wie einen Schutzschild. Mit dieser Einstellung hatten sie keine Chance gegen echte Kriminelle. Einen Beziehungstäter, der ein einziges Mal in seinem Leben tötet, konnte man auch mit dem Einsteigerpaket für kleine Detektive fangen und überführen. Meistens kamen die sowieso nach ein paar Tagen an und legten ein Geständnis ab. Aber Berufsverbrecher, die gingen mit der Zeit, die nutzten jeden technischen Fortschritt, und da musste die Polizei mithalten, wenn sie nicht ins Hintertreffen geraten wollte. Kappl hoffte, dass er den Fall schnell aufklären konnte, denn wenn er versagte, waren seine Tage als KHK und Leiter einer MOKO erst mal gezählt. Ganz abgesehen von der tödlichen Blamage.

Kappl schaute sich um. Wer war Kathi Schaller? Damit fing es immer an. Das Opfer kennenlernen. Kannte er das Opfer, kannte er in neunzig Prozent aller Fälle auch den Täter oder die Täterin. Kathi Schaller war Polizistin gewesen. Polizeiobermeisterin mit Talent für Schauspielerei und

Gesang. Die Wände ihrer Wohnung hingen voll mit Plakaten von Musikgruppen. Fotos, zweifellos von Amateuren aufgenommen, zeigten sie auf der Bühne und bei privaten Anlässen, so wie heute Morgen. Kappl bewunderte die riesige CD-Sammlung, die alles bot, was das Herz eines Musikliebhabers höher schlagen ließ. Nicht nur die aktuell angesagten Pop- und Soulbarden. Perlen des Jazz, schwarzer und weißer Blues aus den frühen Jahren des zwanzigsten Jahrhunderts und klassische Musik von Bach bis Vivaldi. Aber das war nichts gegen die Vinylsammlung. Es mussten an die vierhundert Schallplatten sein, Kappl erkannte einige Raritäten.

Deininger kam hereingerauscht, eine Miene wie kurz vor der eigenen Hinrichtung oder kurz nach dem Tod eines geliebten Menschen. Er legte sofort los, seine Stimme belegt wie bei einer Beerdigung.

»Niemand im Haus hat was mitgekriegt. Die meisten waren unterwegs. Die Nachbarin hat die aufgebrochene Tür bemerkt, als sie nach Hause kam, und die Polizei gerufen.«

Deininger stand unter enormer Spannung, keine Frage, aber er hatte sich anscheinend etwas beruhigt. Sein kurzer Bericht war klar und präzise, sein Blick immer noch feindselig. Kappl spürte eine Änderung. Aus den Augenwinkeln sah er eine Person in die verwüstete Wohnung kommen. Eine Frau. Lautlos trat sie neben Deininger.

»Hallo, Stefan.«

Die Stimme löste in Kappl ein Gefühl aus wie eine Brise, die nach einem strengen Winter den Frühling ankündigt. Er rief sich zur Ordnung. Aber es war so. Die Frau, die da vor ihm stand, vertrieb den Tod und füllte den Raum mit Leben.

»Hallo, Rhea«, hörte Kappl, und er traute seinen Ohren nicht. Deiningers Stimme klang wie ausgewechselt. Richtig angenehm. Aber Kappl ließ sich nicht täuschen. Deininger hatte irgendetwas zu verbergen, und er würde herausfinden, was.

Mit ihrem kaum hörbaren Akzent, der ihr Deutsch veredelte wie Trüffel ein Omelett, sprach sie Kappl an und streckte ihm die Hand hin.

»Ich bin Rhea Singh, die Rechtsmedizinerin.«

Kappl stockte der Atem. Das Lächeln, das sie ihm schenkte, entschädigte ihn für alles, was er heute hatte einstecken müssen. Es war voller Wärme, voller Zuwendung, ohne Vorurteil. Er streckte ebenfalls seine Hand hin, aber beide trugen Latexhandschuhe, sie befanden sich an einem Tatort, und so verpasste Kappl die Berührung mit ihr. Er legte all seinen Charme in sein Lächeln und stellte sich vor.

»Äh, Kappl, Franz. Kappl, äh, Kappl. Der Neue.«

Mehr brachte er nicht heraus, aber es genügte, Rhea veränderte ihr Lächeln nicht, sie hieß ihn willkommen. Wie eine Feder ließ sie sich neben Kathi Schaller nieder, Kappl kam wieder zu sich und sah bei Deininger Eifersucht aus jeder Öffnung dampfen.

Rheas Gesicht verdunkelte sich, ihre braunen Augen verloren einen Teil ihres Glanzes. Sie ließ sich Zeit.

»Was hat man bloß mit dir gemacht, Kathi? So brutal.«

Vorsichtig begann sie mit der Untersuchung. Ganz so, als hätte sie eine zerbrechliche, unendlich kostbare Vase unter ihren Fingern und nicht einen toten Körper, der nichts mehr spürte, der nur noch Chemie war und Physik. Kappl fragte sich, ob das ihre Art war oder ob sie, ähnlich wie Deininger, von ihren Gefühlen überwältigt wurde. Er beobachtete seinen Kollegen, schaute weg, als der es merkte und seinerseits anfing, ihn zu beobachten. Rhea Singh begann mit weicher Stimme, in der Mitleid schwang. Kappl war fasziniert von dieser Frau, von ihrer Schönheit, ihrem Auftreten. Umso mehr konzentrierte er sich wieder auf seine

Arbeit. Eine Kollegin war ermordet worden. Das hatte jetzt absolute Priorität. Die Schwärmereien eines einsamen heimatvertriebenen Hauptkommissars spielten im Moment keine Rolle. Er verschränkte die Arme vor der Brust und lauschte Rheas Ausführungen.

»Zwei Durchschüsse, ein Steckschuss.«

Sie beugte behutsam die Gelenke der Leiche, selbst im Tod war Kathi Schaller eine außergewöhnlich schöne Frau.

»Das ist vor zwei bis vier Stunden passiert. Wahrscheinlich nicht vor fünfzehn Uhr.«

Deininger sah auf seine Uhr.

»Ich habe sie zuletzt kurz nach zwölf auf dem Parkplatz gesehen«, sagte Kappl und wandte sich Deininger zu, machte eine kleine Pause. »Hast du Kathi danach noch getroffen?«

Deiningers Kopf fuhr herum, seine Augen funkelten. »Wieso ich?«, fragte er drohend.

Kappl enthielt sich einer Antwort und schaute ihn nur an. So wie er es beim Verhör manchmal tat, und Deininger verstand sehr wohl.

»Nein«, sagte er mit Nachdruck. Bevor Kappl etwas erwidern konnte, legte sich Rheas Stimme wie ein Polster zwischen sie.

»Stefan, hast du schon mal gesehen, dass Kathi so was trägt?« An Kathi Schallers Ringfinger prangte ein Schmuckstück, das den Anschein erweckte, eher an die Hand einer Prinzessin zu gehören als an den Finger einer Polizistin mit schmalem Gehalt.

»Nein. Noch nie!«

Rhea nahm der Toten den Ring ab. »Kein Abdruck in der Haut. Oft kann sie den nicht angehabt haben.«

Jordan war neugierig geworden. Rhea reichte ihm den Ring, er begutachtete ihn.

»Ist der echt?«, fragte Kappl.

»Sieht so aus«, erwiderte Jordan. »Der kostet bestimmt drei Monatsgehälter.« Er ließ das Stück in eine Plastiktüte plumpsen und kehrte zu seinem Kollegen zurück.

»Woher hat ein Mädchen wie Kathi so ein Teil?« Kappl sprach aus, was alle dachten, und zuckte zusammen, als ein ohrenbetäubender Lärm durch die Wohnung dröhnte. Jordan fluchte wie ein Besenbinder, er hatte einen Koffer vom Stuhl gefegt. Gläser, Spurenträger, Dosen – alles Mögliche lag wie von einem Wirbelsturm verstreut auf den Fliesen. Jordan hob verzweifelt und entschuldigend zugleich die Arme.

»Das ist bei ihm normal«, erklärte Rhea und untersuchte die Tote weiter.

Kappl zögerte einen Moment, aber er konnte sich nicht beherrschen. »Bei mir nicht.«

»Wow!« Deininger wiegte den Kopf und verdrehte die Augen.

»Is was?«, zischte Kappl und schob sich ein wenig näher heran an Mister Feincord.

Deininger biss an, er wich keinen Millimeter zurück. »Sie müssen nicht so tun, als wenn wir hier alle Idioten wären. Okay?«

»Idiot haben *Sie* gesagt.«

Deininger holte Luft für eine Erwiderung, aber Rhea fuhr dazwischen. Nicht laut. Nicht streng. Kappl konnte es nicht richtig fassen.

»Könnt ihr bitte aufhören! Hier liegt Kathi«, sagte sie, und die beiden Streithähne gaben vorerst Ruhe. Rhea schloss ihre Untersuchung ab, Kappl und Deininger sahen schweigend zu, bis sie sich schließlich wortlos verabschiedete.

Kappl sah ihr hinterher, an der Tür wandte sie sich um und lächelte ihm zu.

»Hier spielt die Musik!«, rief Deininger quer durch den Raum.

Kappl fuhr herum, Grinsen auf allen Gesichtern, Deininger hielt eine Schallplatte in der Hand. Er war der Einzige, der nicht grinste, sondern Kappl ansah, als wollte er ihn gleich fressen.

»Gute Musik«, sagte Deininger wie ein Automat. »Herr Kappl. Am besten arbeitet es sich ohne Emotionen, habe ich nicht recht?«

Das Grinsen auf den Gesichtern der Kollegen versickerte. High Noon. Kappl zählte bis zehn. Und noch mal. Sein Blutdruck senkte sich. Deininger war nicht dumm. Er wollte ihn vor allen Kollegen bloßstellen, wollte zeigen, wer wirklich der Leitwolf war. Ließ er das durchgehen, würde seine Zeit im Saarland zur unbefristeten Vorhölle werden.

Er nahm Deininger die Schallplatte weg und wedelte mit dem Cover. »Sie sind anscheinend ein Kenner. Das ist wirklich gute Musik.«

Deininger riss ihm die Platte fast aus der Hand und stopfte sie wieder an ihren Platz zurück. Die Männer von der Spurensicherung wandten sich ihrer Arbeit zu und hakten den Vorfall als halben Punkt für Kappl ab. Kappl spürte, dass einige ihm wider Willen einen Funken Wohlwollen entgegenbrachten. Es waren tatsächlich nur Männer. In Bayern gab es mehr Frauen bei der Polizei. Aber die saarländischen Kollegen spulten ihr Programm ab, und Kappl sah, dass sie das mit Akribie und Sorgfalt taten. Gut. Ihr Job, ihre Verantwortung war ihnen wichtiger als Revierkämpfe, wichtiger als der Hahnenkampf zweier eitler Gockel.

Die Zeit verflog, die Nacht senkte sich über den Tatort, Fingerabdrücke wurden genommen, Faserspuren mit dem sterilen Staubsauger aufgefangen, jeder Gegenstand wurde fotografiert, bevor er bewegt wurde, Stapel von Papieren gesichtet, der gesamte Tatort wurde ausnummeriert mit den neuen Fähnchen, die nach dreijähriger Beantragungslaufzeit endlich eingetroffen waren. Farbig, mit praktischen Sockeln, einige mit Saugnäpfen für glatte Flächen und Glas. Alles wurde vermessen, die Leiche abtransportiert, nachdem ihre Umrisse mit Zentimeterband auf dem blutgetränkten Teppich markiert worden waren. Immer wieder wandte sich Deininger zu der Stelle um, versank einen Moment in Gedanken und machte sich dann wieder an die Arbeit. Kappl zählte und kam in den sieben Stunden, die sie hier waren, auf siebzehn Mal. Interessant. Horst Jordan meldete sich, wies auf Kappl.

»Schauen Sie mal, Chef, was ich hier hab.«

Kappl registrierte zufrieden, dass Jordan ihn als Leiter anerkannte. Denn so sollte es sein: Zuerst wurde er als Leiter über eine Spur oder eine Wendung informiert. Jetzt musste er Jordan nur noch das Du anbieten, und das Eis müsste gebrochen sein.

»Wir duzen uns doch. Unter Kollegen?«, sagte Kappl beiläufig.

Jordans Blick sprang zu Deininger, aber er konnte jetzt schlecht einen Rückzieher machen.

»Ja, schon«, sagte er, und es klang eher wie eine Feststellung als wie das Eingeständnis einer Niederlage.

Jordan drehte ein quadratisches, mit blutrotem Samt überzogenes Ring-Etui in den Händen. Deininger trat dazu, natürlich hatte er den Stimmungswechsel bei Jordan mitbekommen, seine Miene sprach Bände.

Jordan klappte den Deckel auf.

»Oho!«, rief er aus. »Das ist ja nett. ›In Liebe‹, steht da. Eingraviert in ein goldenes Plättchen im Deckel.«

Mit einer Hand hielt er das Etui, mit der anderen fischte er den Ring aus dem Plastikbeutel und steckte ihn in die vorgesehene Aussparung.

»Das passt eindeutig zu dem Ring, den sie getragen hat.

Sieht nach Liebesgeschichte aus«, sagte Kappl und gab das Etui an Deininger weiter, der es sich kurz ansah. Kappl nahm es ihm wieder aus der Hand und ging in die Hocke.

»Liebesgeschichte. Eifersucht. Aber dann so ein Tatbild?« Er schüttelte den Kopf.

Jordan nickte zustimmend. »Ja, alles durchwühlt.

Ein Raub war es ja wohl nicht. Den Ring hatte …«, Deininger räusperte sich, »… den hatte sie ja noch am Finger.«

Kappl wippte aus der Hocke hoch in den Stand. »Falls der Täter doch etwas mitgenommen hat: Wer kann das prüfen?«

Deininger antwortete: »Keiner. Sie hat hier alleine gewohnt. Keine Familie. Sie war Single. Soweit ich weiß.«

»Das müssen wir überprüfen. Wenn wir wissen, dass nichts fehlt, können wir unseren Ermittlungsansatz ganz klar in Richtung Beziehungstat steuern.« Kappl rieb sich das Kinn und wandte sich Jordan zu. »Horst, bis wann habt ihr raus, was für eine Waffe benutzt wurde?«

»Übermorgen früh.«

Kappl traute seinen Ohren nicht. »Das macht doch das Landeskriminalamt, oder?« Er schaffte es, seine Stimme ganz freundlich klingen zu lassen, obwohl er am liebsten laut aufgeschrien hätte.

»Logisch«, gab Jordan zurück. »Wer denn sonst?«

»Und wie viele Tötungsdelikte mit Schusswaffengebrauch werden zurzeit bearbeitet?«

Jordan schluckte. »Morgen Abend? Ich will auf jeden Fall beim Beschuss dabei sein.« Seine Stimme klang nicht überzeugend.

»Das reicht nicht. Ich brauche das Ergebnis bis zur ersten Besprechung. Und die ist morgen Mittag um zwölf.«

»Wissen Sie …«, Jordan korrigierte sich, »weißt du, wie viele Überstunden ich abzufeiern habe?«

Kappl nickte. Ja, das wusste er, und es gefiel ihm nicht.

Aber bei Mordermittlungen gab es keinen Aufschub. »Ich kann es mir vorstellen. Ehrlich. Ich werde dafür sorgen, dass du demnächst ein paar Stunden abbauen kannst. Aber jetzt haben wir eine Mordermittlung. Wenn du mit dem Beschuss morgen bei Dienstbeginn anfängst, schaffst du es. Ich regle das mit dem LKA.«

Jordan stöhnte, Deininger schüttelte den Kopf, aber das störte Kappl nicht. Immerhin hatte er Horst Jordan jetzt mit im Boot. Kappl würde sein Wort halten und Freizeit für ihn durchboxen. Das war er ihm als Chef schuldig. Das Problem war wahrscheinlich, dass Jordan gar keine Freizeit wollte.

»Und dann brauche ich noch einen Abgleich mit allen Waffenscheinen in Saarbrücken«, fuhr er fort und hieb mit dem Zeigefinger in Deiningers Richtung, der die Backen aufblies wie ein Ochsenfrosch. Aber er war noch nicht fertig. »Wie viele Juweliere gibt es in der Stadt?«

Jordan begann zu zählen, das konnte man ihm ansehen, seine Stirn legte sich in Falten.

Dann hob er beide Hände und zeigte die drei Finger der einen und die fünf der anderen Hand.

»Was jetzt? Acht oder zehn?« Kappl wusste nicht recht, wie er das Ergebnis interpretieren sollte.

»Acht«, erwiderte Jordan, als hätte er einen begriffsstutzigen Schüler vor sich. »Zehn geht so«, er hob zweimal die Hand mit den fünf Fingern.

Kappl musste wider Willen lachen. »Entschuldige, Horst, aber …«

Jordan unterbrach ihn. »Schon gut. Was glaubst du, wie oft ich das schon gehört habe?«

»Ja, klar. Wie ist das denn passiert, wenn ich fragen darf?« Kappl bereute die Frage sofort, den Jordans Blick verlor schlagartig seine Fröhlichkeit. Aber es gab keine Zurechtweisung.

»Eine Stahltür.« Er holte tief Luft, seine Miene hellte sich wieder auf. »Ein Arbeitsunfall. Wie das Leben so spielt. Da hilft nur Augen zu und durch. Einfach weitermachen. In Ordnung?«

»Danke, Horst. Gut, dann wollen wir mal sehen, ob der Ring hier in Saarbrücken gekauft wurde. Wenn nicht, wird es kompliziert.« Kappl schaute sich um und dann auf die Uhr. »Feierabend, Männer! Ihr habt gute Arbeit geleistet. Tatort versiegeln. Gute Nacht, meine Herren.«

Er nahm seine Jacke, ging zügig los, machte dann im Flur langsamer, weil er Deininger murren hörte: »Der meint, er allein hat drauf, wie es geht.«

Aber niemand erwiderte etwas. Licht am Ende des Tunnels, dachte Kappl. Hoffentlich ist es nicht der Nacht-Express.

Es war kurz nach zehn, die Straßen waren leer wie nach einem Angriff mit Neutronenwaffen. Er sehnte sich nach München. Da brummte das Leben rund um die Uhr, und einsame Polizisten mussten nicht einsam sein. Irgendwo gab es immer eine Party, eine Lesung oder ein Konzert. Er tätschelte den Koffer auf dem Beifahrersitz. Vor dem Schlafengehen würde er noch ein wenig üben. Ja, das war eine gute Idee.

Er verfuhr sich nur zweimal, fing bei »Antonio's Buona Pizza Service« eine Funghi ein, fragte sich, wann sich herumsprechen würde, dass der Apostroph beim Genitiv nicht zur deutschen Sprache gehörte, und parkte sein Auto vor dem Gebäude, das aussah wie eine Kaserne und letztlich auch eine war. Hier war die Bereitschaft stationiert, Kollegen, die manchmal achtundvierzig Stunden in den Stiefeln verbringen mussten. Aber Saarbrücken war eine ruhige Provinzhauptstadt, der Fußballverein ohne Bedeutung, allerdings gab es eine rührige rechtsradikale Szene. Kollegen hatten gespottet, das gefährlichste Großereignis im Saarland sei das Saarbrücker Altstadtfest. Da müssten Kräfte aus ganz Deutschland anrücken, weil die eigenen Leute unter irgendeinem Tresen lägen. Kappl schüttelte den Kopf. Er hasste solche dummen Sprüche. Es ging um Fakten. Fakt war, dass er jetzt aussteigen musste, wenn er die Nacht nicht im Auto verbringen wollte. Er nahm den Koffer mit den notwendigsten Dingen in die Rechte, die Pizza klemmte er sich unter den Arm und nestelte das schwarze Ungetüm vom Beifahrersitz. Kaum hatte er sich in Bewegung gesetzt, meldete sich sein Handy. Sein Vater. Kappl wurde es warm ums Herz, und gleichzeitig erschrak er.

»Grüß di, Papa.«

»Grüß Gott, Bub. Na, wie geht's? Probleme?«

Kappl schaute sich um, sog die Luft ein, die nach nichts roch. »Ach was! Nein, alles klar, super ist es hier. Mir geht's gut. Die Kollegen sind echt nett, als ich angekommen bin, gab's Schnittchen und Sekt. Aber wie geht's denn dir?«

»Ich ... ich ... komm einfach nicht klar damit.«

»Immer noch so schlimm?«

»Ach, Bub. Es kommt und geht ... Aber ich wollte eigentlich nur wissen, wo der Schlüssel zum Schuppen ist. Ich will den Garten in Ordnung bringen.«

Kappl überlegte kurz. »Der Schlüssel ist im Keller. Neben der Heizung am Haken.«

»Ach ja, klar. In letzter Zeit vergesse ich immer die Hälfte. Wo doch so viel zu tun ist, und ich weiß ja auch nicht ...« Seine Stimme wurde dünner und dünner, dann brach er ab.

»Ich weiß, es ist schwer, Papa. Der Herrgott hat manchmal Prüfungen parat, die wir nicht gleich verstehen.«

»Ja, da hast du sicher recht, aber ...«

»Geh schlafen, Papa. Du musst ausgeruht sein. Dann geht alles besser.«

»Aber ich kann nicht schlafen. Es ist wie ein Sturm, der nicht aufhören will.«

»Dann nimm doch eine Tablette, ausnahmsweise.«

»Ja. Ja, Bub. Das mach ich, und morgen sieht die Welt dann wieder ganz anders aus.«

»Ja. Papa. Schlaf gut. Ich meld mich morgen in der Früh. Ich hab dich lieb. Das darfst du nie vergessen.«

»Das weiß ich doch. Danke. Bis morgen. Schlaf du auch gut.«

»Gute Nacht, Papa.«

Kappl unterbrach die Verbindung und blieb noch einen Moment stehen, fühlte eine endlose Trauer in sich aufsteigen. Er kämpfte sie nieder. Das konnte er sich jetzt nicht leisten. Alles würde wieder in Ordnung kommen. Er nahm sein Gepäck wieder auf und die Pizza, die bereits kalt war. Die Tür stand offen, das Schildchen, das ihm den Weg wies, war so klein, dass er es fast übersehen hätte. Niemand kam ihm in die Quere, er lief die Flure entlang, hin und zurück, ah, da war noch eine Tür, die er übersehen hatte, ein weiterer Flur, ganz hinten rechts tatsächlich sein Name. Der Schlüssel steckte, die Tür quietschte, Kappl atmete ein, ließ den Koffer fallen und riss das Fenster auf. Kalter Rauch. Er musste würgen. Im Dienst machte ihm das nichts aus. Wenn er ermittelte, konnte er stundenlang in verräucherten Kneipen zubringen. Aber sein Büro und seine Wohnung waren ihm heilig. Morgen würde er Spray besorgen, um den ekelhaften Geruch zu vertreiben.

Lustlos biss er in die Pizza, die warm vielleicht geschmeckt hätte, kalt aber ungenießbar war. Er öffnete das schwarze Ungetüm, nahm die gold glänzende Basstuba heraus, putzte die Ventile und das Mundstück, setzte an, baute den Druck im Zwerchfell auf, presste die Luft in die Backen und entlockte dem Gerät, das nicht viel kleiner war als er selbst, einen tiefen Ton, der geeignet schien, die Mauern des Wohnheimes zum Einsturz zu bringen und, en passant, auch die von Jericho. Er machte ein paar Fingerübungen, spielte Tonleitern rauf und runter und setzte dann zu einem bayerischen Marsch an. Kaum hatte er die ersten vier Töne gespielt, brach von allen Seiten ein Hagel von Verwünschungen über ihn herein. Die Wände waren so dünn, dass es Kappl schien, als stünden die Ankläger direkt in seinem Zimmer.

»Ruhe!«, donnerte eine besonders laute Stimme. Eine andere geiferte: »Bist du komplett übergeschnappt? Da kann ja kein Mensch schlafen!« Der Nächste verlangte die sofortige Festnahme und Arrestierung des »Foltermusikers«.

Kappl setzte die Tuba ab, unfähig, auch nur ein Wort zu sagen. Stattdessen machte er eine eindeutige Geste, die allerdings niemanden beeindruckte, denn so dünn, dass man hindurchsehen konnte, waren die Wände nun doch nicht. Wütend verstaute er die Tuba wieder, zog sich aus, duschte, immerhin gab es warmes Wasser. Er legte sich ins Bett, versuchte einzuschlafen, ließ den Tag an sich vorüberziehen, ordnete ihn als drittschlimmsten seines Lebens ein. Dann übermannte ihn die Müdigkeit.

***

Stefan Deininger lehnte alle Mitfahrangebote ab. Die Hände in den Taschen vergraben, lief er den Ilseplatz entlang, durchquerte die Riottestraße und bog dann auf die Scheidter Straße ein, ignorierte ein streitendes Pärchen, hielt sich links Richtung Nauwieser Viertel, stieß die Tür zur menschenleeren Stadtschenke auf, schob sich einen Barhocker unter und bestellte bei Sabrina, die gerade Gläser abtrocknete, ein Pils. Sie drehte sich um.

»Du siehst aus, als hätte dir jemand die Klöße vom Teller geklaut.«

Deiningers Blick blieb auf das dunkle Holz des Tresens geheftet. »Die Kathi ist tot.«

Sabrina riss die Augen auf. »Was? Was redest du da? Mach keine Scherze.«

»Die Kathi ist tot«, wiederholte Deininger.

»Die Kathi …« Die Wirtin der Stadtschenke verstummte, stellte zwei Schnapsgläser auf und schenkte voll.

Sie griffen gleichzeitig zu, kippten den Schnaps. Sie füllte nach. Deininger zögerte.

»Das bringt ja auch nix. Das macht sie nicht wieder lebendig.«

»Was ist denn passiert?«

Kathis toter Blick hatte sich in Deiningers Erinnerung eingebrannt. Der Schnaps ritzte seine Kehle.

»Erschossen.«

Sabrina kippte ebenfalls, schenkte wieder nach. »Die Kathi hätte meine Tochter sein können.«

»Gut, dass sie es nicht war.«

»Das ist wahr.« Hastig kippte Sabrina ihren dritten Schnaps. Deininger beherrschte sich. Er musste seinen Verstand beieinanderhaben, wenn er Kathis Mörder schnappen wollte. Dieser Kappl war nichts als ein Schaumschläger, der weder das Saarland kannte noch die Verbindungen hatte, die nötig waren, einen solchen Fall zu lösen. Horst hatte ihm gesteckt, dass der Bayer wohl ein Praktikum beim NYPD gemacht hatte. Toll. Machte sich bestimmt gut in der Akte auf dem Weg in den gehobenen Dienst. Denn da wollte dieser Kappl doch hin. Aber New York war nicht das Saarland und Kappl nicht Sherlock Holmes, noch nicht einmal Dr. Watson. Kappl war ein arrogantes Arschloch, das von irgendeinem Deppen auf die Stelle bugsiert worden war, die ihm zustand. Er, Stefan Deininger, würde den Fall lösen, wenn es sein musste, im Alleingang, und dann würde Kappl wie ein geprügelter Hund nach Bayern zurückschleichen.

»Mensch, Stefan«, sagte Sabrina beunruhigt, »du guckst, als wenn du mich auffressen wolltest.«

Deiningers Kopf ruckte hoch. »Entschuldige, ich war nur grad wo ganz anders. Sag mal, die Kathi, hat die einen Freund gehabt?«

Sabrina überlegte. »Ich weiß nicht, ob das ihr Freund war, aber gestern Abend war sie mit einem Typ hier, der ausgesehen hat wie so ein Flüchtling aus Bosnien. Lang, mager, fast wie ein Gespenst. Ich hab den auch schon mal irgendwo gesehen. Aber wo?« Sie grübelte. »Nee. Tut mir leid. Du weißt doch, ich gehe kaum noch unter die Leute, und hier war es nicht.«

»Kein Problem. Danke. Zieh mir ab, ich muss ins Bett.«

Sabrina winkte ab. »Das geht aufs Haus, Stefan. Und pass auf dich auf.«

Deininger ging zum St. Johanner Markt, nahm sich ein Taxi nach Hause. Er schloss die Tür zu seiner Wohnung auf. Abgestandene Luft schlug ihm entgegen, er riss alle Fenster auf, und aus der abgestandenen Luft wurde abgasgeschwängerte. Der Impuls, aus seiner Wohnung zu fliehen, wurde stärker. Am besten wäre er in der Stadtschenke geblieben.

Die Schuhe flogen in eine Ecke, er schlurfte in die Küche, wenigstens Bier war im Kühlschrank; er öffnete die Flasche mit seinem LKA-Siebzehner, warf den Kronkorken in den Müll, wechselte in sein Wohnzimmer, das gerade mal Platz bot für einen Fernseher, eine Couch, einen Tisch und ein Bücherregal. Klein, aber Deininger fühlte sich hier wohl. Es war seine Welt, hier konnte ihm niemand etwas vorschreiben. An der Wand hing sein Dudelsack, er streichelte ihn, aber heute musste das Instrument ungespielt bleiben. Er hatte etwas zu erledigen. Etwas, wovor er sich mehr fürchtete als vor einer Schießerei. Dreimal hatte er sich mit Kriminellen einen Schusswechsel geliefert. Zweimal in der Ausbildung beim SEK, einmal als frischgebackener Kriminalkommissar. Er hatte Angst gehabt, keine Frage, aber er war sich immer sicher gewesen, das Richtige zu tun, hatte seine Kollegen hinter sich gewusst. Niemand war verletzt worden, die Gangster hatten sich rasch ergeben, als sie merkten, dass sie gegen die Übermacht keine Chance hatten.

Für das, was ihm jetzt bevorstand, gab es keine Dienstanweisung, kein Kollege würde ihm den Rücken freihalten, und kein Lehrgang hatte ihn darauf vorbereiten oder ihn davor schützen können. Auf der Glasplatte vor ihm lag ein kleines Päckchen, und er wusste genau, was darin steckte: eine CD. Als würde er eine Bombe entschärfen, so vorsichtig entfernte er das Papier, betrachtete den Namen, der auf dem Cover aufgedruckt war, und schluckte. Kathi Schaller. Heute Morgen bei der Feier hatte sie ihm das Päckchen in die Hand gedrückt, als sie ihn geküsst hatte. Leidenschaftlich geküsst hatte.

Sein Hals verengte sich, sein Magen mutierte zu einem Klumpen Blei. Er schaltete seine Musikanlage ein, schob die CD in das Fach, drückte es zu, und schon erfüllte Kathis Stimme die Luft und schien sie zu reinigen, so klar, so warm wehte ihr Gesang Deininger entgegen, der sich auf den Sessel hatte fallen lassen und die Hülle in seinen Händen drehte. »Happy birthday …«, sang Kathi, und mit jedem Wort brachen Stücke aus Deiningers Staumauer. Sein Bewusstsein verzog sich, und dann endlich, während Kathi ihn als neuen Kriminalhauptkommissar besang, mal sanft, mal rockig, dann wieder mit rauchiger Soulstimme, schüttelte ihn ein Weinkrampf.

Er weinte noch lange, nachdem Kathis Stimme verklungen war. Das Bier wurde schal, die letzten Heimkehrer schlugen Autotüren zu, seine Tränen tropften auf den Teppich, bis er keine mehr hatte. Mit einem tiefen Seufzer richtete er sich auf, zog die Nase hoch und schwor, den Mörder von Kathi zur Strecke zu bringen. Danach duschte er sich, legte sich in sein viel zu großes Bett und schlief augenblicklich ein.

ZWEI

Kappl öffnete die Augen. An der Decke entdeckte er einen Fleck, der aussah, als hätte jemand eine Pizza hochgeklatscht. Er musste sich dringend eine Wohnung suchen. Hier würde er in kürzester Zeit einen depressiven Koller bekommen. Immerhin gab es auch heute warmes Wasser, er duschte, rasierte sich, verzichtete auf das Frühstück und rief seinen Vater an. Aber er ging nicht an den Apparat. Gutes oder schlechtes Zeichen? So wie sich der Tag anließ, eher ein gutes Zeichen. Der Himmel spannte sich blau über der Stadt, ein angenehmer Frühsommertag kündigte sich an. Es war erst sieben Uhr, er hatte noch ein wenig Zeit und räumte die restlichen Sachen vom Auto in seine Bleibe. Zum Schluss fegte er den Kofferraum aus. Neben Unpünktlichkeit hasste er Unordnung und Schmutz.

Zehn Minuten später parkte er seinen Wagen im Hof der Polizeiinspektion Saarbrücken, wurde vom Kollegen Pförtner gegrüßt und stieg die Treppe zu seinem Büro hinauf. Fleißige Hände hatten seinen Namen an der Tür angebracht, über dem von Stefan Deininger. »Kriminalhauptkommissar Franz Kappl. Anmeldung im Sekretariat«. Das klang doch nicht schlecht. Der Anfang war zwar etwas holprig gewesen, aber heute war ein neuer Tag, die Karten wurden neu gemischt. Kappl drückte die Klinke runter, trat ein und ging auf Deininger zu, der bereits an seinem Computer saß und anscheinend so in seine Arbeit vertieft war, dass er Kappl nicht bemerkte.

»Guten Morgen, Kollege«, sagte Kappl fröhlich und erhielt eine Antwort, die ihn vergessen ließ, dass heute ein neuer Tag war.

»Von gut kann ja wohl keine Rede sein«, knurrte Deininger. »Oder ist der Mörder von Kathi verhaftet?«

Du liebe Güte, dachte Kappl. Den hat es ja wirklich angeschossen. Was soll's. Dann halt auf die harte Tour.

»Ach, Sie haben ihn noch nicht erwischt?« Kappls Stimme tropfte von Hohn.

Aber Deininger ließ sich nichts anmerken, sondern hielt einen Zettel hoch. »Unsere Juweliere. Vorgehensweise?«

Kappl zupfte ihm das Blatt aus der Hand. »Was würden Sie denn vorschlagen?«

Aber Deininger ignorierte den schwachen Motivationsversuch. »Ich denke, *Sie* sind der Chef.«

»Da haben Sie recht, Herr Oberkommissar Deininger.« Kappl betonte den »Oberkommissar« so, dass es Deininger wehtun musste. Aber immer noch nichts. »Befragung. Auf geht's.«

Deininger packte sein Jackett, heute war es ein schmutzig olivgrünes, glatter Stoff, vollkommen zerknittert, als sei es unter die Räder gekommen. Gar nicht mal so abwegig, überlegte Kappl, der Deininger ist ja wirklich ganz schön unter die Räder gekommen.

Deininger fuhr, Kappl studierte die Liste, die bereits nach einer optimalen Route geordnet war. Schon wollte er Deininger loben, da fiel ihm ein, dass der das nur als Anbiederung verstehen würde. Stattdessen nahm er die Stadt auf, die am Fenster vorbeihuschte. Häuser aus der Gründerzeit, direkt an der Saar, nur ein Grünstreifen dazwischen; viereckige Kästen, vier bis sechs Stockwerke hoch, gepflegte Wiese drum herum und Schilder, die Kindern so ziemlich alles verboten, was Spaß machte. Mittelstand, vermutete Kappl. Die Innenstadt dominiert von einem Bürogebäude, sie passierten das Staatstheater, Deininger bog links ab, Kappl erspähte einen Platz mit einem Brunnen, das musste der St. Johanner Markt sein. Sie parkten auf einem Anwohnerparkplatz, Deininger stieg aus und zeigte auf eine Gasse.

»Wir fangen erst mal da an, da sind zwei Goldschmiede, die so was eh nicht verkaufen. Die haken wir ab, dann klappern wir den Markt ab, da sitzen auch zwei, dann die Promenade, da sitzt einer, ein ziemlich großer. Genehmigt?« Deiningers Miene blieb in Stein gemeißelt.

Sie gingen los, Deininger immer einen Schritt voraus. Er betrat einen Laden, der den Eindruck machte, eher ein Schrottplatz zu sein als eine Goldschmiede. Die Wände wurden geschmückt von rostigen Eisenteilen, eine verbeulte Radkappe diente als Aschenbecher, aber in der Mitte des Raumes entdeckte Kappl eine Vitrine, in der einige Schmuckstücke lagen. So etwas hatte er noch nicht gesehen. Silberschlangen, die sich durch einen grünen Stein hindurchwanden. Zwei massive Goldwürfel, die ineinandergriffen und mit Silberdraht umschlungen waren. Symbol für die große Liebe? Die Würfel, die gefallen waren und jetzt verharrten? Kappl war begeistert.

An der Kopfseite des Raumes schob sich ein Vorhang zur Seite. Ein junger Mann kam zum Vorschein, der ebenso gut ein Modemagazin hätte zieren können. Er ging auf Stefan zu und umarmte ihn.

»Stefan. Das freut mich aber, dass du dich hierher verirrst.« Er warf einen Blick auf Kappl. »Wen hast du denn da mitgebracht?«

Deininger drehte sich nicht um. »Ein Kollege. Wir müssen dich was fragen, Helmut.«

Kappl trat neben Deininger, zog seinen Ausweis. »Franz Kappl, Kripo Saarbrücken.« Er zog den Ring aus der Tasche. »Kennen Sie den?«

Helmut schaute Deininger irritiert an. »Muss ich darauf antworten?« Ohne zu Kappl hinzusehen, zeigte er auf ihn. »Wo kommt der denn her?«

Deininger nickte verständnisvoll. »Erstens ja. Und zweitens Bayern.«

Helmut kicherte. »Ach so. Jo, die Holzhackerbuam, denen fehlt halt der saarländische Benimm, net wohr?«

Kappl schmerzten die Ohren bei der Verballhornung seiner Heimatsprache.

Helmut zeigte mit spitzem Zeigefinger auf das Schmuckstück. »So einen Müll würde ich niemals anfassen, geschweige denn herstellen. Verschwendung.«

»Alles klar, Helmut, das habe ich mir gedacht. Ich komme demnächst auf einen Kaffee. Mach's gut.«

»Hoffentlich bald«, gurrte Helmut. »Und wenn du mal einen Ring brauchst, für was auch immer«, er gluckste wie ein Teenager, »dann weißt du ja, wo du hinmusst.«

Deininger zog los, Kappl hinterher. Verdammt, der kannte wirklich jeden hier, im Gegensatz zu ihm selbst. Egal. Verbindungen und Beziehungen waren wichtig, Informanten ebenso, aber einen Mord hatte Kappl bisher immer nur mit wissenschaftlicher Präzision aufklären können.

»Wie heißt denn ›Helmut‹«, Kappl hob seine Stimme ein wenig an, »mit ganzem Namen?«

»Das stand doch dick und fett auf dem Firmenschild.«

Kappl verdrehte die Augen. »Schon gut.« »Helmut Held« hatte darauf gestanden, und natürlich hatte Kappl das Schild gelesen und sich auch eine Visitenkarte eingesteckt.

Deininger rannte fast, Kappl hetzte hinterher, sie betraten das Geschäft des Juweliers Zielowski, dessen Name unübersehbar am Eingang prangte, in goldenen Lettern auf schwarzem Grund.

Deininger ging auf einen älteren Herrn zu, dessen Haar bereits ergraut, aber immer noch voll war. Sein dunkler Nadelstreifenanzug saß perfekt, die schwarzen Lackschuhe spiegelten verzerrt die Auslagen, in denen Goldketten mit Edelsteinen um die Wette funkelten. Deininger streckte seine Hand aus, der Mann nahm sie und lächelte fein.

»Herr Deininger. Schön, Sie zu sehen. Ich nehme an, Sie kommen heute nicht, um eine Uhr reparieren zu lassen?«

»Ganz recht, Herr Zielowski.« Deininger zeigte mit dem Daumen auf Kappl. »Das da ist Kriminalhauptkommissar Franz Kappl, und er hat eine Frage an Sie.«

Kappl zeigte den Ring, Deininger schnappte ihn und reichte ihn an Zielowski weiter, der seine Lupe nahm, das Teil hin und her drehte. »Zweifellos echt. Ein prächtiges Stück. Und hervorragende Verarbeitung. Diebesgut?« Er gab Deininger den Ring zurück.

Kappl schüttelte den Kopf. »Nein. Wissen Sie, wer ihn verkauft hat?«

Zielowski schüttelte den Kopf.

Sie zogen weiter, immer das gleiche Spiel bis auf zwei Mal. Da war Deininger nicht persönlich bekannt, und Kappl schöpfte Hoffnung. Sieben hatten sie abgehakt, blieb noch Bader Juweliere auf der anderen Saarseite, in St. Johann. Die beiden Stadtteile verband eine Fußgängerbrücke, die vom Finanzministerium und dem Vorplatz des Staatstheaters über die Autobahn auf die andere Seite führte. Unterhalb des Saarbrücker Schlosses führte der Weg entlang, sie tauchten ein in kleine Gässchen, und Kappl vergaß fast, dass er mit einem Kollegen unterwegs war, der ihn am liebsten wie eine Katze in der Saar ertränkt hätte.

Deininger war etwas zurückgefallen. Kappl blieb stehen und deutete auf eine blaue Markise mit der Aufschrift »Bader Juweliere«.

»Mal sehen, ob wir hier mehr Glück haben.« Die Schmuckstücke in der Auslage passten allerdings nicht zu dem Ring, der purer Luxus und mit Sicherheit sündhaft teuer gewesen war.

Deininger überholte und knurrte im Vorbeigehen nur: »Sie haben das Glück doch wohl gepachtet.«

Kappl nahm sich ein Herz, griff Deininger kurz am Arm und stoppte ihn. Er drehte sich unwillig um. »Stefan, so können wir nicht arbeiten.« Kappl legte eine gehörige Portion Bitte in seine Stimme. »Als ich mich hier beworben habe, wollte ich keinem die Butter vom Brot nehmen.«

»Das haben Sie aber«, erwiderte Deininger ohne Zögern, ohne auf das Friedensangebot einzugehen, ohne die geringste Spur Entgegenkommen im Blick.

Und schon war er unterwegs in Richtung Bader Juweliere. Diesmal nicht, dachte Kappl. Jetzt wird hier mal klargestellt, wer das Sagen hat. Ein für alle Mal. Deininger stürmte in den Laden, grüßte die Frau, die hinter der Theke stand, Kappl kam hinterher, grüßte ebenfalls, drückte Deininger zur Seite und zückte seinen Ausweis. Eine zweite Frau, nicht älter als Mitte zwanzig, drapierte gerade Uhren auf einem schwarzen Samttuch. Offensichtlich eine Angestellte und offensichtlich die einzige. Eigentlich schon eine zu viel für das, was der Laden vermutlich abwirft, überlegte Kappl. Sauber ist es hier, keine Frage, aber auch irgendwie verbraucht. Irgendwie zu viele Jahre hinter sich. Genau wie die Inhaberin Susanne Bader, die wohl bald ihren Fünfzigsten feiern musste. Das ging aus der Liste hervor.

»Ich bin Hauptkommissar Franz Kappl, das ist mein Kollege Stefan Deininger.« Kappl ruckte kurz mit dem Kopf zur Seite. Aus den Augenwinkeln sah er, dass die Verkäuferin die Uhren abgelegt hatte und sich heranpirschte, die gleiche Neugier in den Augen wie das ältere Pfadfinderpaar, das ihm gestern den Weg gewiesen hatte.

»Ach – was kann ich denn für Sie tun?«

Deininger hatte schon den Ring aus der Tasche gezogen und wollte Frau Bader danach fragen. Aber Kappl nahm ihm den Beutel ab.

»Können Sie uns sagen, ob der Ring aus Ihrem Geschäft stammt?« Er hielt der Inhaberin das Schmuckstück unter die Nase.

Sie passte hervorragend in das etwas bemühte Ambiente: Ihr Lächeln war wie einstudiert, oder nein, es war verbraucht, hatte sich mit den Jahren ebenso abgeschliffen wie das ganze Geschäft. Sie tat ihm leid.

»Darf ich?«, fragte sie.

Kappl gab ihr den Beutel. »Bitte.«

Sie warf nur einen kurzen Blick darauf. »Oh ja. Der ist von uns. Ein dreizehnkarätiger roter Tumalin. Umringt von Brillanten.«

»Können Sie uns sagen, wann und an wen er verkauft wurde?«, fragte Deininger, wohl um seine Existenz zu rechtfertigen.

Susanne Bader zögerte einen Moment, dann sagte sie: »Der ist noch aus einem älteren Bestand. Wir verkaufen selten so teure Stücke.«

Wenigstens ihre Stimme hatte etwas Angenehmes. Kappl hätte sie sich gut als Radiosprecherin vorstellen können.

Noch einmal drehte sie den Ring und dachte nach, schien weit weg zu sein.

»Ich kann mich nicht erinnern«, sagte sie, ohne den Kopf zu heben. »Frau Seiffert?«, rief sie, augenscheinlich in der Annahme, dass ihre Angestellte noch immer Uhren sortierte. Aber die fleißige Frau Seiffert stand schon einige Zeit in direkter Hörweite. Sofort senkte Susanne Bader ihre Stimme wieder.

»Ach, Frau Seiffert«, sagte sie so leise, dass Kappl genau hinhören musste. Sie hielt ihr den Ring hin.

Frau Seiffert musste nicht lange überlegen. »Der wurde letzten Freitag aus dem Sortiment genommen.«

»Ach ja … Und von wem, Frau Seiffert?«, fragte Susanne Bader. Ihre Stimme, obwohl immer noch angenehm, schien sich zu ducken, machte den Eindruck, sich verstecken zu wollen.

»Von Ihrem Mann.«

Susanne Baders Lächeln geriet auf die schiefe Bahn. Kappl bemerkte den Riss in ihrer Fassade sofort. Und er bemerkte, dass Deininger es auch bemerkte.

»Natürlich«, hauchte sie, während sie sich wieder den Kommissaren zuwandte.

»Wo finden wir Ihren Mann?«, fragte Kappl.

»Mein Mann ist heute geschäftlich unterwegs, aber um achtzehn Uhr wollte er in den Rotary Club gehen, zu einem Vortrag.« Sie war wieder ganz die routinierte Inhaberin, der Riss hatte sich schnell geschlossen.

Kappl und Deininger verabschiedeten sich, traten vor das Geschäft, musterten es noch mal so deutlich, dass es die Bader und die Seiffert nicht übersehen konnten. Dann machten sie sich auf den Weg zurück zum Wagen.

Kappl deutete mit dem Daumen auf das Geschäft. »Glauben Sie, dass der Laden gut läuft?«

Deininger behielt sein Pokerface, aber er steuerte immerhin eine Antwort bei: »Die verhökern ja heute schon Schmuck im Fernsehen.«

»Aber den Beitrag für die Rotarier können sie sich noch leisten«, stellte Kappl fest.

Schweigend gingen sie zurück, schweigend saßen sie im Wagen. Kappl hatte das Gefühl, dass Deininger etwas sagen wollte, sein Stolz es ihm aber verbot. Natürlich. Die Obduktion. Einer von ihnen musste dabei sein. Für Deininger würde es unerträglich sein zu sehen, wie Kathi Schaller aufgeschnitten wurde.

»Ich werde hingehen«, sagte Kappl nur, als sie am Präsidium angekommen waren.

Deininger drückte ein paar Tasten am Navi. »Ich habe es schon programmiert. Homburg. Gerichtsmedizinisches Institut.« Er stieg aus, ging los, zögerte, drehte sich um und nickte Kappl unmerklich zu. Dann verschwand er im Rachen des Präsidiums.

Mein Gott, dachte Kappl, wärst du doch in New York geblieben.

Kappl ließ sich von der sanften Stimme des Navis nach Homburg führen, wo er schon erwartet wurde. Eine freundliche Kollegin von Rhea Singh führte ihn zum Obduktionssaal. Er bedankte sich, sie ließ ihn allein.

Die Tür zum Saal verwandelte sich in ein schwarzes Loch. Leichter Schwindel ergriff Kappl. Wann würde das endlich aufhören? Es machte ihm nichts aus, sich Leichen anzuschauen, egal ob sie wie frisch aus der Folie daherkamen oder mit Maden bedeckt waren und bestialisch stanken. Aber wenn er einer Obduktion beiwohnen musste, bekam er weiche Knie. Je besser die Leiche erhalten war, desto weicher wurden sie.

Aus dem Saal hörte er die Stimme von Rhea. Er würde sich an sie halten, sie anschauen, das würde ihm helfen. Vorsichtig schob er die Tür auf, Rhea stand mit dem Rücken zu ihm über Kathis Leiche gebeugt, die auf dem Schragen lag, als würde sie nur schlafen.

»Wer hat dich so gehasst? Du warst doch immer so fröhlich und freundlich.« Wie eine Mutter, die ihr Kind in den Schlaf wiegt, so kam sie Kappl vor. Jetzt veränderte sich ihre Stimme. Ein wenig strenger, ein wenig fordernd.

»Sag mir, was du weißt, Kathi.« Sie legte der Leiche die Hand auf die Stirn.

Eine Leiche. Da vor ihm lag eine Leiche. Das musste er sich immer wieder sagen, sonst würde er gleich hier rausrennen, und sein Ruf wäre ein für alle Mal zerstört. Durchhalten, mahnte er sich. Du kannst es, wenn du es willst.

»Deine Haare glänzen immer noch.« Rhea zögerte einen

Moment, Kappl konnte ihr Gesicht nicht sehen, aber er spürte, dass sie um Fassung rang, dass die Brandmauer ihrer professionellen Distanz einzustürzen drohte. Aber schon einen Moment später war ihre Unsicherheit verflogen.

»Deine Haut ist weich und glatt.«

Sie strich der Leiche über das Haar, über die Wangen.

»Du hast dich schön gemacht.« Feststellend. Wichtig für Kappl. Sie sprach seinen Gedanken aus.

»Für wen?«

Rhea drehte sich um, lächelte Kappl an, und ihre Augen sagten: »Ich weiß, dass Sie hier sind. Ich habe es gespürt.« Daran hegte Kappl keinen Zweifel. Sie las in seinen Augen.

»Meine Kollegen nennen so was ›Nebenbefunde‹. Aber ich versuche, mich in die Toten einzufühlen. Sie erzählen mir von sich.«

Kappl trat drei Schritte vor. Ruhig atmen, befahl er sich. Ganz ruhig. Im Moment wusste er nicht, was ihn mehr verwirrte: die schöne Leiche oder die schöne Gerichtsmedizinerin. Rhea fuhr fort, strich über Kathis rechte Handfläche. Kappl merkte, dass er die Leiche wieder mit einem Namen versah. Das musste er lassen.

»Sie hat noch Leben in sich. Der Tod ist kein plötzliches Ende. Bis die letzte Zelle abgestorben ist, vergeht noch einige Zeit. Ich spüre bei meiner Arbeit noch oft die Aura der Toten. Und dann reden wir miteinander.«

Kappls Verwirrung verstärkte sich. Natürlich hatte er schon von Aura gehört, es gab ja auch eine wissenschaftliche Erklärung dafür. Trotzdem klang es deplatziert.

»Wir finden den, der dich so gehasst hat, Kathi. Das verspreche ich dir.«

Rhea drehte sich wieder zu Kappl, ihre Augen loderten, das Gegenteil ihrer beherrschten ruhigen Art, mit der sie ihn und Deininger gestern zur Ordnung gerufen hatte.

Trotz des Karbols, der Desinfektionsmittel und des Leichengeruchs konnte Kappl ihren Duft riechen. Dieses Feuer wünschte er sich bei einer Frau, und er fürchtete es zugleich. Zu leicht brannte er wie Zunder, zu schnell erlosch das Lodern, und übrig blieb nichts als ein Häuflein Asche. Rhea drehte sich weiter, nahm klirrend die Instrumente auf, mit denen sie die Leiche gleich öffnen würde. Es gab ein festes Ritual, Vorschriften, und es gab Kostenrahmen. Kappl sah kurz auf die Uhr. Es war noch Zeit genug. Rhea schob ihn ein wenig vom Tisch zurück.

»Damit Kathi sie nicht schmutzig macht.« Sie grinste spitzbübisch und warm zugleich und hielt eine lange spitze Zange hoch.

»Den Schusskanal und den Schusswinkel habt ihr ja sicher schon vermessen?«

Kappl nickte, und sie begann, das Geschoss, das stecken geblieben war, aus dem Körper herauszuarbeiten. Ihre Befunde diktierte sie in das Mikrophon, das sie von der Decke gezogen hatte. Immerhin, dachte Kappl, das ist neueste Technik. Sie brauchte keine fünfzehn Sekunden, um das Projektil zu entfernen. Kappl staunte über sich selbst. Keine Panikattacke. Kein Fluchtgedanke. Anscheinend reichte Rheas Gegenwart, um ihn von seiner Obduktionsphobie zu kurieren. Wahrscheinlich waren es die Endorphine, die sich in sein Blut ergossen hatten.

Sie setzte den Thorax-Schnitt an, musterte Kappl.

»Kreide ist schwarz im Vergleich zu Ihrem Gesicht. Ich nehme eine Kollegin dazu. Müssen Sie nicht zurück nach Saarbrücken?«

»Ich habe kein Problem damit«, erwiderte Kappl und wurde nicht einmal rot. »Es ist noch Zeit.« Heute würde er nicht kneifen. Rhea hatte ihn durchschaut, okay, aber sie würde ihn nicht ans Messer liefern, wenn er doch noch irgendwann schlappmachte.

Sie diktierte, schnitt, diktierte, entnahm die Eingeweide, erklärte hier und da etwas für Kappl, stellte fest, welcher Schuss tödlich gewesen war, es musste schnell gegangen sein, versicherte sie.

»Der Schock bei einem Schuss ins Herz sorgt in der Regel für sofortige Ohnmacht«, führte sie aus.

Die Zeit verflog, und Kappl musste jetzt tatsächlich los, wenn er seine erste Koordinationssitzung der MOKO nicht verpassen wollte. Er dankte Rhea, fuhr zurück nach Saarbrücken und konnte die ganze Fahrt über ihr Gesicht nicht aus seinen Gedanken vertreiben. Als er an der KPI angekommen war, hatte er eine Entscheidung getroffen. Und er hatte es pünktlich geschafft.

Der große Besprechungsraum war hergerichtet worden. Alle Mitglieder der MOKO saßen am Tisch, ihre Unterlagen vor sich. Ein Beamer surrte, immerhin. Flipcharts standen bereit, ein Whiteboard, Aufnahmegeräte. An der Stirnwand des Raumes waren die bisherigen Ermittlungsergebnisse angepinnt. Kappl holte noch einmal tief Luft, dann machte er sich auf in die Höhle des Löwen. Würden alle einfach dasitzen und warten, bis er irgendetwas sagte oder fragte? Bevor er den Gedanken zu Ende denken konnte, fing ihn Horst Jordan ab.

»Also, die Tatwaffe ist eine 7.65. Das Modell ist wegen Verformung des Projektils nicht mehr feststellbar.«

Kappl klopfte ihm auf die Schulter. »Danke, Horst. Ich weiß das zu schätzen.« Erfreut stellte er fest, dass Jordan sich geschmeichelt fühlte. Der Mann lächelte sogar. Kappl sah sich bestätigt, stellte sich neben den Stuhl, auf dem Deininger mit vor der Brust verschränkten Armen und einem Gesicht wie ein beleidigtes Walross saß. Aufgeblasen und lächerlich. Kappl merkte, dass ihm das so langsam gleichgültig wurde. Sollte dieser Proll von der Saar doch platzen.

Jemand, der so wenig aushielt, der würde sich früher oder später sowieso von selbst erledigen. Er hob die Stimme und wandte sich an seine Kolleginnen und Kollegen.

»Mir sind zwei Sachen wichtig: Erstens, es gibt kein perfektes Verbrechen.«

Deininger prustete, ganz passend zu seinem Walrossgesicht. Kappl überhörte die darin versteckte Unverschämtheit und machte einfach weiter.

»Ich weiß, das ist ein alter Hut. Trotzdem. Jeder Mörder macht irgendeinen Fehler. Es hängt nur an uns, ob wir ihm den Fehler nachweisen können.«

Kappl bewunderte Deiningers Gesichtsakrobatik. Aber da hatte er in den Staaten noch ganz andere Sachen erlebt. Ein Lieutenant war einmal vollkommen ausgerastet, weil ein Kollege irgendetwas Abfälliges über Latinos gesagt hatte. Der Spruch war vollkommen hirnlos gewesen, aber der Lieutenant war mit einem Briefbeschwerer auf den Kollegen losgegangen. Zehn Minuten und ein paar blaue Flecke später hatte wieder eitel Sonnenschein geherrscht, und alle hatten fieberhaft weiter an dem Fall gearbeitet. Um ihn aus der Ruhe zu bringen, musste sich Deininger schon was anderes einfallen lassen.

»Wir fangen mit den Ermittlungen immer im persönlichen Umfeld der Opfer an.« Er wies auf die angepinnten Fotos von Kathi Schaller. »In diesem Fall sind wir, die Kollegen von Kathi, das persönliche Umfeld. Wer waren ihre Freunde?«

Kappl erntete Kopfschütteln.

»Hatte sie eine Beziehung?« Er wurde unruhig, sein Puls beschleunigte sich, Zorn griff nach ihm. Keine Reaktion.

»Wie sah es finanziell bei ihr aus?« Seine Stimme hatte deutlich an Lautstärke zugelegt. Er erwartete keine Informationen und stellte eine letzte Frage: »Was waren ihre

Hobbys?« Kappl schrie jetzt, das konnte doch nicht wahr sein! Bei Deininger hatte der Blitz eingeschlagen, als er von Kathis Tod erfahren hatte, sie war eine Kollegin, wenn auch von den Grünen, und niemand wusste etwas?

Ein junger Kollege meldete sich und stellte sich kurz vor. »Ich bin Ben.« Kappl lächelte ihm zu. »Kriminalkommissar.« Kappl nickte, was so viel hieß wie: »Voran, Junge, wir machen hier kein Kaffeekränzchen.« Ben verstand. »Sie war abends ab und zu mit uns was trinken, aber da ging's meistens um interne Sachen, Ärger im Dienst, Klatsch und so. Von sich hat sie nie viel erzählt.«

»Ihre nächste Verwandte ist eine Cousine in Braunlage, die will mit ihrem Mann zur Beerdigung kommen.« Gerda Braun überlegte. »Hobbys?« Sie blickte sich ratsuchend um, aber niemand sprang ihr zur Seite. »Manchmal ist sie auf große Rockkonzerte gegangen. Mehr weiß ich auch nicht.«

Kappl war klar, dass da nicht mehr zu holen war. »Hm. Wir brauchen mehr Informationen. Ich will, dass ihr ausschwärmt. Zuerst um ihre Wohnung. Dann die Straße. Dann das Viertel. Nachbarn. Neugierige Nachbarn. Dann Kneipen. St. Johanner Markt, zieht einen immer größeren Kreis. Und ich will zweimal am Tag Bericht, und zwar per Mail. Haltet den Leuten das Bild unter die Nase. So eine Frau fällt doch auf.«

Kappl rieb sich die Nasenwurzel. »Und Sie«, er zeigte auf Ben, »Sie nehmen sich die Dienstbücher vor und quetschen jeden aus, der in den letzten sechs Monaten mit ihr gearbeitet hat.« Er legte eine kleine Pause ein und suchte sich eine Kollegin raus. »Sie nehmen sich die Personalakte vor, kontaktieren alle, die mit ihrer Ausbildung zu tun hatten. Der Rest macht Aktenstudium. Lasst alles andere liegen. Ihr seid alle freigestellt. Der Fall hat absolute Priorität.«

Kappl schaute noch mal in die Runde und stellte fest, dass sich die Atmosphäre leicht verändert hatte. Jetzt lag in den Blicken eher die Angst, dass sie der Neue mit Arbeit zuwerfen würde, bis sie nicht mehr konnten. Genau das hatte Kappl auch vor. Aber nicht, um sie zu schikanieren. Er wollte den Mörder von Kathi Schaller. Je eher, desto besser.

»Gut. Das war's dann erst mal. Kolleginnen. Kollegen.« Er nickte ihnen zu, packte einen Stapel Akten, da fiel ihm noch etwas ein. Er wandte sich Gerda Braun zu.

»Die Koordination übernimmt vorerst Frau Braun«, rief er in die Runde, als hätte er sie zur Königin gekrönt. Sie wurde sofort leichenblass.

»Ach Gott, Chef, des hab ich doch noch nie gemacht!«

Kappl strahlte sie an. »Öfter mal was Neues.« Er machte einen Schritt auf sie zu. »Ich war auch noch nie Chef von einem K1.«

Kappl freute sich über seinen genialen Einfall und amüsierte sich über Frau Braun, die jetzt nicht mehr die Leiche gab, sondern die Tomate. Puterrot war sie angelaufen. Kappl hatte ihrer Akte entnehmen können, dass sie schon lange Zeit unter ihren Fähigkeiten arbeitete. Vor allem sein Vorgänger, dieser Palü, hatte sie wohl nur als Maskottchen und Kaffeeautomat betrachtet.

Kappl ging zurück in sein Büro, ließ die Akten auf den Schreibtisch plumpsen und rieb sich die Augen. Deininger kam hinterher, blieb stehen und räusperte sich. Langsam begriff Kappl das saarländische Gesprächsverhalten. Es gab einen eingeschränkten Wortschatz. Der Laut »Un?« bedeutete, je nach Situation und Klangfärbung, so viel wie »Guten Tag« oder »Wie geht's?« oder auch »Wie hat es geschmeckt?«. Genauso gut konnte es auch die Aufforderung sein, zu erzählen, wie der Urlaub oder ein Kinobesuch gewesen war. Das Räuspern war fraglos die formlose Anfrage, über etwas reden zu dürfen, was Deininger unangenehm war. Kappl ließ ihn ein wenig schmoren und versuchte sich dann in seiner ersten Lektion Saarisch. Oder hieß es Saarländisch?

»Un?«

Volltreffer. Deininger begann zu reden, in allerbestem Hochdeutsch, was darauf schließen ließ, dass es um ein wirklich heißes Eisen ging.

»Da ist noch was.«

Kappl hatte nur darauf gewartet. Deininger und Kathi hatten eine Affäre gehabt. Warum sonst hätte er so erschüttert reagieren sollen?

Deininger redete wie ein Automat. »Vor ein paar Monaten gab es eine Feier.« Er fuchtelte mit den Armen. »Kathi hatte ziemlich viel gesoffen. Da hab ich sie nach Hause gefahren. Sie hat mich dann noch auf einen Kaffee eingeladen.«

Kappl dachte, Vorfreude ist doch die schönste Freude, und kommentierte den ersten Teil des Geständnisses mit einem fragend-wissenden: »Aha?«

Deininger grunzte nur ein Wort. »Kaffee.« Nach einem Moment eisigen Schweigens fügte er hinzu: »Sonst nix.«

Sonst nix? Das konnte ja nicht stimmen. Kappl fasste nach: »Genauer bitte«, und lehnte sich zufrieden in seinem Stuhl zurück. Aber Deininger hatte sich wohl wieder an sein Schweigegelübde erinnert.

»Es geht um den Mord an einer Kollegin«, sagte Kappl eindringlich, und sein Grundschullehrer hätte den Ton nicht besser treffen können.

»Das hätte ich jetzt ja fast vergessen.«

»Ja!«, rief Kappl aus. Er musste Deininger aus der Reserve locken.

Aber Deininger war nicht so leicht zu knacken. Kappl hielt seinem Blick stand.

»Beim Kaffeemachen hat sie mir dann von ihrem Traum erzählt. Kathi wollte ins Musikgeschäft einsteigen. Richtig, nicht nur als Hobby.«

Kappl erinnerte sich an seinen Auftritt als neuer Chef und Kathis als Sängerin.

»Die Nummer als Marilyn war wirklich gut«, sagte er mit Anerkennung.

Deininger schüttelte den Kopf. »Sie nimmt mich mitten in der Nacht mit in ihre Wohnung und erzählt mir dann«, er schloss einen Moment die Augen, »erzählt, dass sie jemanden kennengelernt hat, was Ernstes. Und dass sie aufhören will bei der Polizei.«

Kappl wurde heiß vor Wut. Ob darüber, dass Deininger bis jetzt wichtige Informationen verschwiegen hatte, oder darüber, dass er selbst mit seiner Vermutung, Deininger habe mit Kathi ein Verhältnis gehabt, danebengelegen hatte, war ihm allerdings nicht ganz klar. Jedenfalls machte sich Deininger damit verdächtig. Er hatte ein Motiv: verschmähte Liebe. Er glaubt sich schon am Ziel seiner Träume, er hat die schöne Helena in seine Burg entführt, da kommt die eiskalte Dusche. Sie hat bereits einen Lover. Deininger ist nicht dumm, er wartet ein paar Tage, vielleicht auch Wochen, bereitet alles akribisch vor und schlägt zu. War der Ring von ihm? Hatte er ihn der Toten an den Finger gesteckt, quasi als Heirat post mortem? Kappl spürte wieder ein Kribbeln im Bauch. Aber das hatte nichts mit Verliebtheit zu tun. Er beherrschte sich, kontrollierte seine Stimme.

»Und wen?«

»Keine Ahnung.«

Kappl grinste mitleidig.

In Deiningers Stimme wuchs die Wut. »Ich hatte wirklich keine Lust, nachzufragen.«

Jetzt war Deininger fast so weit. Er war auf hundertachtzig. Kappl musste es wissen. Musste wissen, ob der Mann, mit dem er Büro und Ermittlungen teilte, ein Mörder war oder nicht. Seine Miene schüttete Hohn aus über Deininger, der dennoch weiterredete.

»Ich hab ihr gesagt, sie soll doch froh sein, dass sie als Beamtin einen festen Job hat.«

Kappl holte zum finalen Schlag aus. »So«, er zog das »o« in die Länge, bis es platzte, »kann bei *Marilyn* natürlich nichts laufen!« Er räkelte sich. Dafür hätte er *seinem* Chef mindestens eine runtergehauen.

Deininger hielt sich an der Lehne seines Stuhls fest. Dann halt noch einen drauf, dachte Kappl. Ich hab noch Munition für zwei Stunden.

»Eifersüchtig?«

Bingo. Deininger lief los wie ein geprügelter Hund und brummte: »Arschloch!«

Kappl setzte ihm nach. »Wie bitte?«, bellte er durch den Raum.

Deininger stoppte an der Tür, drehte sich um, stellte sich seinem Chef in den Weg und wiederholte laut und deutlich: »Arschloch!«

Speicheltröpfchen regneten Kappl ins Gesicht. Gut so, das baut nur noch mehr Wut bei ihm auf. Er fixierte Deininger und schoss zurück, zischend wie eine Schlange.

»Vorsicht!«

Deiningers Augen blieben klar. Wütend zwar und verletzt, denn er war eifersüchtig gewesen, daran zweifelte Kappl nicht. Aber Deininger hatte nicht gelogen.

Deininger drehte sich wie eine Primaballerina um hundertachtzig Grad und stürmte aus dem Büro.

Kappl atmete ein paarmal durch, das beruhigte seinen Puls. Deininger war ihm auf den Leim gegangen, hatte sich provozieren lassen und war ausgerastet. Jetzt noch alles fein säuberlich prüfen, und dann würde man ja sehen, wer hier am längeren Hebel saß. Er hob den Hörer ab und gab ein paar Befehle. Dann war es Zeit, eine Pause zu machen.

Kappl hatte sich vorgenommen, jeden Tag ein Stückchen Saarbrücken kennenzulernen. Heute war das Nauwieser Viertel dran. Ein zentrumsnaher Teil Saarbrückens, der sich von schäbig und abbruchreif zu hip und teuer entwickelt hatte. Einfach durch die Straßen laufen, irgendwo einen Kaffee trinken, ein Stück Normalität, nicht mehr.

***

Deininger lief schnurstracks zur Toilette, beugte sich über das erstbeste Waschbecken und würgte, aber es kam nichts. Am liebsten hätte er diesem Riesenarschloch von Kappl eins in die Fresse gegeben, aber das hatte der ja nur gewollt. Dann wäre Kappl ihn los gewesen. Aber nicht mit ihm. Er würde ab sofort alle Feindseligkeiten einstellen, sich nicht mehr provozieren lassen und seine Arbeit machen. In einem hatte Kappl ja recht: So konnte man nicht arbeiten. Gegen diesen Schnösel in Blau-Weiß half nur ein Mittel: aussitzen. Immerhin besaß Deininger einen netten Wissensvorsprung. Er wusste, wie Kathis Freund aussah. Zumindest ungefähr. Gierig trank er fast einen halben Liter Wasser aus dem Hahn.

Deininger schaute kurz im Büro vorbei, aber Kappl war nicht mehr da. Er wechselte in den Nachbartrakt zur Kriminaltechnik, betrat den Videoraum, wo Ben vor einem Monitor saß. Jordan war auch da, hantierte an einer Plastiktüte, in der eine Bierdose lag. Er zeigte auf die Tüte.

»Wann kriegen wir eigentlich mal eine einheitliche Aktenhaltung? Und vor allem eine digitale? Die Asservatennummer ist nicht korrekt. Und das Datum ist auch falsch codiert. Dafür steht die Vorgangsnummer zweimal drauf. Und wo, bitte schön …«

Deininger unterbrach ihn. »Das ist aber keine Akte.«

Jordan stöhnte, Ben grinste.

»Gibt's was Neues?«, fragte Deininger in die Runde.

»Nee, bei mir noch nicht.« Jordan setzte sich an einen Tisch, der mit Spurenträgern in Tüten bedeckt war. »So ein Chaos, also ehrlich.«

Deininger zuckte mit den Schultern. »Und bei dir, Ben?«

»Bei mir auch nicht.«

»Sind das die Gaffer?« Deininger zeigte auf den Monitor, auf dem sich die Leute die Hälse ausrenkten.

»Jep. Aber niemand dabei, den wir kennen.«

»Habt ihr schon gehört? Der Neue war ein Jahr bei den Amis.«

Jordan verzog das Gesicht. »Amis!«, sagte er abschätzig.

Deininger genoss den Spott seines Kollegen.

»Da könnten wir doch gleich wie in Miami nur die Spurensicherung ermitteln lassen. Wie wäre das, Horst?«, schob er nach, aber der Leiter der Spurensicherung reagierte nicht, wie er es erwartet hatte.

»Da hätte ich nichts dagegen.«

Deininger grauste bei dem Gedanken, dass Kriminaltechniker Ermittlungen durchführten. Er mochte Jordan mit seiner etwas schusseligen Art. Wenn es allerdings um einen Spurenträger ging, um eine Fußspur, dann war Jordan zwanghaft gründlich, zum Leidwesen seiner Untergebenen und zur Freude der Staatsanwaltschaft, die bereits ein geflügeltes Wort kreiert hatte: »Hast du einen Jordan-Beweis?« Das hieß nichts anderes, als dass der Beweis nicht nur wasserdicht, sondern auch luftdicht und immun gegen sämtliche Formen anwaltlicher Phantasie war. Aber dass Jordan eine Vernehmung führte, da sei Gott vor. Entweder wäre die Veranstaltung in ein Wettschweigen ausgeartet, oder das Gespräch hätte sich nach fünf Minuten nur noch um neueste Methoden des Blutnachweises, der Fasererkennung oder der Rekonstruktion von Schusskanälen inner- und außerhalb von geschlossenen Räumen gedreht, wobei Jordan dem Verdächtigen eine Vorlesung nicht unter vier Stunden gehalten hätte, die von dessen Anwalt vermutlich als versuchte Folter eingestuft worden wäre.

Ben ließ das Tatortvideo noch mal von vorne laufen. Leute kamen, blieben stehen. Drei junge Frauen, ein älterer Mann. Eine Frau mit Hund, ein Polizist verscheuchte das Tier, das sein Bein anscheinend mit einem Baum verwechselte. Die Frau schimpfte, die Umstehenden lachten. Drei Mädchen mit Schulranzen so groß wie Container auf dem Rücken gingen vorbei und interessierten sich nicht für das Polizeiaufgebot. Deininger wunderte sich, aber bevor er darüber nachdenken konnte, trat ein Mann ins Bild. Er holte tief Luft. Lang, dünn, wie ein bosnischer Flüchtling. Schmales Gesicht, spitze Nase. Er sprach mit den Gaffern, seine Reaktion war nicht auszumachen. Aber das könnte er sein. Der Typ, den die Wirtin der Stadtschenke mit Kathi zusammen gesehen hatte.

»Stopp mal«, sagte er ruhig.

Ben hielt das Video an, Deininger zeigte auf das hagere Gesicht. »Den brauch ich.«

»Rauskopieren für unseren Lieutenant?«, fragte Ben und klimperte mit den Wimpern.

Deininger schüttelte den Kopf. »Erst mal nur für Sergeant Deininger.«

Jordan begann zu lachen, Ben stimmte mit ein, Deininger beherrschte sich.

»Dann rückt die Kavallerie mal aus«, sagte er, nahm den Ausdruck, bedankte sich und machte sich auf den Weg. Ein kleiner Fußmarsch konnte nichts schaden.

Schon von Weitem winkte er Edith zu, die gerade lautstark mit zwei Pennern diskutierte, die auf Kredit saufen wollten. Als sie Stefan sahen, packten sie hastig ihre Plastiktüten und verschwanden.

Edith lachte. »Geht's besser, Stefansche?«

»Frag nicht.«

Edith schaute ihn an wie eine Mama, die nicht so richtig weiß, was sie mit ihrem Sohn machen soll. »Wenn du mal einen Job brauchst …«

Deininger hob die Augenbrauen. »Wer weiß, vielleicht komme ich ja bald drauf zurück.«

»Erst mal e Schnäppssche?«

Deininger winkte ab und zog das Foto aus der Tasche. »Kennst du den?«

Edith nahm das Foto, schaute kurz drauf. »Ja klar.«

Deininger wartete. »Un?«

»Der war doch mit der Kathi zusammen. Ach du jemine. Das hätt ich dir ja auch früher sagen können.«

»Jetzt mach dir mal keinen Kopf. Was weißt du?«

»Die waren zusammen. Die Kathi, die ist in letzter Zeit oft hier gewesen. Na ja, so richtig hat sie ja nix erzählt, aber ich kenn die Kathi, seit sie klein war. Die kann mir nichts vormachen. Letzte Woche hat sie sich dann so richtig ausgeheult.«

»Un?«

»Ei jo. Die haben ziemlich Krach gehabt. So richtigen Zoff.«

Deininger sah, dass Edith allmählich begriff.

»Vielleicht doch ein Kurzer? Ich hab einen echt guten Quetsch.« Sie griff unter die Theke, brachte eine Flasche ohne Etikett zum Vorschein und hielt sie ihm hin.

Einer ist keiner, dachte Deininger und nickte. Sie schenkte sich selbst auch einen ein und kippte ihren sofort, Deininger wartete noch.

»Hat der auch einen Namen?«

»Charlie. Charlie Wax. Der singt und spielt Gitarre, hat

aber nie Geld. Das hat die Kathi so erzählt. Und in der letzten Zeit, wie gesagt, haben sie sich nur noch gestritten. Meinst du, dass der was damit zu tun hat?«

»Möglich wär's. Eifersucht, Streit. Peng. Das geht schnell. Wo wohnt der?« Deininger trat von einem Bein auf das andere.

»Do in Brebach. Nennt sich Rockfabrik. Auf dem Abbruchgelände von der Halberger Hütte. Da muss er ja auch bald raus. Die Stadt hat die Verträge gekündigt. War halt billig. Und der hat die Kathi umgebracht?«

Deininger hob die Hände. »Immer mit der Ruhe. Das werden wir herausfinden. Aber kein Wort zu irgendjemandem, okay?«

Edith nickte beleidigt. »Was glaubst du denn?«

Deininger nahm ihre Hand. »War nicht so gemeint.«

»Dein Schnäppssche.«

Stefan nahm das Glas, prostete Edith zu und verschluckte sich fast. Keine zwanzig Meter weiter fuhr Lieutenant Franz Kappl vor. An der Antenne wehte ein schwarzer Trauerflor.

Stefan kippte den Schnaps, stellte das Glas hin. Kappl stieg aus lehnte sich an der Beifahrerseite an den Kotflügel wie die personifizierte Anklage und winkte mit einem Foto. Mit *dem* Foto. Das war Deininger klar.

»Was würde ich ohne dich machen, Edith.«

Sie zeigte auf Kappl. »Ist das der Neue?«

Deininger sagte nichts, seufzte und ging seinem Chef entgegen.

»Pass auf dich auf, Stefansche!«, rief Edith ihm hinterher.

Chef. Das war das Problem. Kappl war sein Vorgesetzter, da gab es nichts dran zu rütteln. Mal sehen, wie hart der Kerl wirklich war.

Sein amitrainierter Chef stand da wie ein beleidigter Pekinese, der sein Futter nicht rechtzeitig bekommen hatte. Trotzdem war Deininger nicht zum Lachen zumute.

»Und was jetzt?«, fragte Kappl.

Hatte er das aus dem Lehrbuch »Wie gehe ich mit renitenten Untergebenen um?« Lächerlich.

»*Ich* habe eine Spur«, sagte Deininger und packte sich hinters Steuer. Kappl ließ sich auf den Beifahrersitz fallen.

»Ihre Kollegen haben keine zehn Sekunden dichtgehalten.«

Deininger konzentrierte sich auf die Straße. Was hätten sie denn sonst tun sollen? So ein Affe, dachte er.

»Bei Ihrem nächsten Alleingang mach ich Ihnen einen Riesenärger.«

Deininger bog links ab, konzentrierte sich auf den Verkehr. Kappl kochte, das konnte er spüren, und es tat gut. Schneller, als er erwartet hatte, gab sein Chef klein bei.

»Wer war das gerade?«

Es war Zeit für eine Lektion saarländischer Lebensart. »Die Edith? – Och, das ist eine Freundin von der Schwägerin meiner Tante. Die ist aber jetzt im Altersheim. In St. Wendel. Also die Schwägerin.«

»Brillante kriminalistische Leistung. Und?« Kappls Miene verriet unterdrückte Wut.

»Die Edith kennt jeden. Auch den Mann von dem Foto. Der Mann heißt Charlie Wax. So ein brotloser Musiker, wohnt in der Rockfabrik, das ist ein Abbruchhaus, da fahre ich jetzt hin.« Deininger ließ die Katze noch einen Moment im Sack. »Der Typ war mit Kathi zusammen. Aber die Edith sagt, es hat in der letzten Zeit viel Zoff gegeben zwischen den beiden. Eifersucht?« Er ließ das Wort als Köder in der Luft hängen.

Kappl wandte sich ihm zu. »Wegen Ihnen, Herr Kollege?«

»Glauben Sie, mich so loswerden zu können? Glauben Sie wirklich, ich falle auf Ihre billigen Provokationen herein?«

»Das sind keine Provokationen. Ich ermittle in alle Richtungen.«

Deininger spürte die Wut aufsteigen, er hielt sich am Lenkrad fest. »Sie ermitteln gegen mich?«

»Das wundert Sie? Sie haben sich eine Beziehung mit Kathi gewünscht. Sie sind schwer enttäuscht worden. Ein Loser grapscht Ihnen Ihre Traumfrau vor der Nase weg: Motiv. Mittel: Es ist kein Problem für Sie, eine namenlose 7.65er zu besorgen.«

Unter Deininger tat sich der Boden auf. Er bremste scharf. »Sie verdächtigen mich allen Ernstes?«

Kappl redete einfach weiter. »Fehlt nur noch die Gelegenheit.«

Deininger konnte keinen klaren Gedanken mehr fassen. »Seit wann …«

»Seit dem ›Arschloch‹.« Kappl lächelte freundlich. »Aber leider nehme ich meinen Beruf, im Gegensatz zu Ihnen, sehr ernst, halte mich an die Regeln und prüfe erst die Fakten, bevor ich jemanden verurteile. Es fehlt die Gelegenheit. Ihr Dienstwagen war laut Funkpeilung von der Fahrbereitschaft auf dem Parkplatz vor dem Präsidium abgestellt und nicht bewegt worden. Und ein Kollege vom Dauerdienst hat Sie am Kiosk von Edith Bauer gesehen. Die Frau, die alles weiß und jeden kennt. Mich werdet ihr auch noch kennenlernen.«

Kappl rückte Deininger auf die Pelle, dessen Mund berührte fast sein Ohr, aber Deininger war unfähig, sich zu bewegen. »Wir Bayern können ganz schön nachtragend sein, host mi?«

Kappl zog sich zurück, schwieg. Deininger brauchte drei Minuten, um sich wieder zu fangen, und seltsamerweise spürte er Erleichterung. Der Kappl *war* ein harter Hund, und er selbst *hatte* eine goldene Regel gebrochen. Er besann sich wieder darauf, dass es darum ging, Kathis Mörder zu finden, und vor allem, ihn zu überführen. Fehler waren einfach nicht erlaubt.

Sie fuhren zu den Getreidesilos am Osthafen, die Türme überragten alle Gebäude, waren schon von Weitem zu sehen. Das Gelände wurde von Schuttbergen geziert, auf denen sich Sträucher angesiedelt hatten, die schon mannshoch emporgewachsen waren. Dutzende angerostete Stahlträger, die so dick waren, dass sie ein Hochhaus tragen konnten, lagen wie Mikadostäbe übereinander. Die Rockfabrik besiedelte den unteren Teil der Silos, dort, wo früher die Verwaltung ihr Zuhause gehabt hatte. Graue Metalltore mit intakten Scheiben zeugten von Leben darin. Deininger parkte davor, nur zwei Meter entfernt von einem schweren Motorrad.

Sie stiegen aus, Kappl zückte das Handy, Deininger begutachtete die Maschine.

»Kappl, K1, Frau Braun. Ich brauche eine Personenüberprüfung. Wax, Charlie Wax.«

Kappl schwieg einen Moment, dann hellte sich seine Miene auf.

»Ah, der Ben hat das Foto schon abgeglichen. Ja super. Ich höre.«

Deininger wurde sich klar darüber, dass er Kappl hasste. Das war gut, damit konnte er umgehen. Das Gefühl war deutlich und damit von seiner Arbeit trennbar. Der Abgleich! Darauf hätte er auch kommen müssen.

»Und die Vorstrafen?« Kappl brummte zufrieden. »Betäubungsmittel, Fahren ohne Fahrerlaubnis. Na wunderbar. Was noch? Ah, das ist interessant. Danke, Frau Braun. Prima. Weiter so!«

Deininger fing Kappls Blick auf. So ein Schleimer, dieser bayerische Dorfsheriff.

Ohne Aufforderung gab Kappl seine Informationen weiter.

»Wax hat bei einem Konzert einem Ordner den Arm gebrochen. Er ist auf Bewährung draußen.«

Ja, das ist interessant, dachte Deininger. Genauso interessant wie das Motorrad, das einfach zu viel Geld kostete, als dass es einem chronisch bankrotten Möchtegernrockstar gehören konnte, auch wenn es zu dem Image des einsamen Barden passte.

Deininger stieg die Metallstufen zum Eingang hoch, Kappls Hand legte sich schwer auf seine Schulter.

»In Zukunft Alleingänge nur noch nach Absprache. Ist das klar?«

Deininger blieb seiner Entscheidung treu. Er schwieg einfach.

Kappl drückte sich an Deininger vorbei, öffnete einen der grauen Türflügel und trat in die Rockfabrik. Einzelne verzweifelte Akkorde einer elektrisch verstärkten Gitarre flirrten durch die Halle. Links vom Eingang, durch eine trübe Glaswand abgetrennt, befand sich so etwas wie ein Büro oder ein Verkaufsraum. Kisten mit Schallplatten standen herum. Dann setzte Gesang ein. Ebenso verloren wie die Gitarre. »First time alone«. Kappl erkannte das Lied sofort. John Mayall. Der Sänger saß auf einem Barhocker auf der Bühne der Halle. Kappl zog das Foto von Charlie Wax aus der Tasche. Keine Frage. Das war er. Die Haare trug er heute zwar sehr kurz, er musste sie, seitdem er an Kathis Wohnung gewesen war, geschnitten haben. Aber der schmale Schädel, die lange spitze Nase, das Kinn, das nicht recht wusste, wie es sich im Gesicht festhalten sollte – all das identifizierte Charlie Wax eindeutig. Deininger wollte an Kappl vorbeistürmen, wie ein wütender Stier ging er los, aber Kappl hielt ihn zurück und machte selbst ein paar Schritte in Richtung Wax, der die Augen öffnete, mit dem Spielen und Singen aufhörte und die beiden skeptisch musterte.

Kappl hob die Hand und zeigte auf Wax. »›First time alone‹. Ist auf der ›Blues from Laurel Canyon‹. Ich habe John Mayall mal live in Philadelphia gehört. Werd ich nie vergessen!«

»Ich hab ihn leider noch nie live gehört.« Wax stellte die Gitarre weg und lächelte. »Und? Was wollt ihr hier?«

»Wir haben draußen die Musik gehört, und weil ich das Lied kenne, hab ich gedacht, ich schau mal rein. Du verkaufst doch das gute alte Vinyl, und die fehlt mir noch in der Sammlung.«

»Es ist geschlossen.« Wax stand auf, ging zur Schmalseite der Bühne, legte seine Hand ganz entspannt auf einen Turm aus Stühlen. Plötzlich schleuderte er die Stühle Kappl vor die Füße und rannte los.

Der reagierte sofort, machte einen Satz über die Möbel und sprintete ebenfalls los. Deininger machte auch einen Satz, stolperte, fiel vornüber, konnte sich aber mit den Armen abfangen, ohne sich zu verletzen. Er rappelte sich auf und holte Kappl ein, der Wax durch eine Tür gefolgt war, die in einen Raum mit einem Labyrinth aus kaputten Maschinen und Röhren führte. Kappl überlegte nur eine Sekunde, dann schickte er Deininger nach rechts, er selbst übernahm die linke Seite. Ein Gewirr von Gängen und Türen, Kappl begriff, dass er Wax so nicht finden konnte, er blieb stehen und lauschte.

Türen knallten. Kappl schloss die Augen, baute sich einen Plan des Gebäudes auf, soweit er es konnte. Die Sonne hatte bereits im Südwesten gestanden, der Nachmittag war fortgeschritten. Der Eingang lag im Süden, die Halle, aus der Wax geflüchtet war, bildete das Herz des Komplexes. Darum herum war quasi ein Viereck angeordnet, in dem die Maschinen, Röhren und Betonträger ihrem Ende entgegensahen. Wax' Wohnung lag links vom Eingang, das war durch die großen Scheiben zu sehen, die die Räume trennten. Wax war zuerst in seine Wohnung geflüchtet, die Tür hatte kurz hintereinander zweimal geknallt. Deininger war auch auf dem Rundkurs. Kappl musste Wax den Weg abschneiden.

Er sprintete los, immerhin schaffte er die hundert Meter in etwa zwölf Sekunden, für einen Amateur nicht schlecht, und auf den ersten zwanzig Metern hatte er eine Beschleunigung gehabt, die fast olympiareif war, dann aber ließen die Kräfte nach. Das war das Geheimnis der Weltmeister: Die unglaubliche Geschwindigkeit von an die dreiundvierzig Stundenkilometern auf den letzten zwanzig Metern durchzuhalten. Kappl hastete um die Ecke, Wax flog ihm entgegen. Blieb stehen. Kappl hob die Hände.

»Mach keinen Scheiß. Du bist auf Bewährung draußen.«

Wax drehte sich halb um, aber Deininger kam angewalzt, prustete, aber er war noch lange nicht am Ende seiner Kräfte, das konnte Kappl erkennen. Im Gegensatz zu Wax, der schwer atmete, kaum reden konnte, aber seinen Fluchtversuch jetzt aufgab.

»Wenn ich die Bullerei rieche«, er schnappte nach Luft, »kriege ich Fluchtreflexe.« Sein Körper krümmte sich unter der ungewohnten Anstrengung. Er richtete sich wieder auf. »Das ist instinktiv!« Sein Mund verzog sich, es sollte wohl ein Lächeln sein, aber es sah eher aus wie vor Schmerz verzerrt. Deininger hatte offenbar keine Lust auf Spielen, nahm Wax unsanft in den Kreuzfesselgriff und drückte ihn an eine Betonsäule.

»So, Charlie. Und jetzt zeigst du uns mal dein schönes Zuhause.« Deininger zerrte Wax weg von dem Beton, stieß ihn vorwärts durch die Halle und ließ ihn in seiner Wohnung in einen Ledersessel plumpsen.

»Wenn du noch mal versuchst, uns zu verarschen, dann bist du fällig. Dann gehst du direkt wieder in den Knast. Ist das klar?«

Wax rang immer noch nach Atem. »Dann zeig ich *dich* an. Du hast mir fast den Arm ausgekugelt.«

Kappl griff ein. »Hier zeigt jetzt erst mal niemand irgendwen an. Du kannst nicht einfach abhauen, wenn die Polizei was von dir will. Klar? Du glaubst gar nicht, was wir alles mit dir machen könnten, wenn wir wollten. Dein Vorstrafenregister ist umfangreicher als deine Plattensammlung. Wir sind jetzt erst mal quitt.«

Deininger bewahrte sein Pokerface. Kappl betrachtete Wax' Handrücken. Brandverletzungen von Zigarettenkippen. Unter dem Ärmelbund des Hemdes schimmerten blasse Narben hervor. Die Hände: lange, schmale Finger. Die eines Gitarristen. Oder Pianisten. Dieser Charlie hatte was drauf. Sein Gesang, seine Interpretation von »First time alone«, hatte Kappl berührt. Und deswegen hatte er einen Fehler gemacht. Wax hätte niemals die Gelegenheit zur Flucht bekommen dürfen. Er hatte sich und seinen Kollegen in Gefahr gebracht. Sie hätten reingehen müssen, direkt auf die Bühne und den Mann festhalten. Gegen Wax gab es einen Anfangsverdacht, er war einschlägig vorbestraft.

Sie hatten sich rechts und links von Wax aufgebaut, der wie ein nasser Sack in seinem Ledersessel mehr lag als saß. Leder schien ihm zu gefallen, denn seine Jacke war aus dem gleichen Material gefertigt.

»Was dagegen, wenn ich mich mal umschaue?« Kappl wartete nicht auf Antwort, Wax hob die Schultern.

»Kein Problem, wir leben ja in einem Rechtsstaat. Nur zu. Ich habe nichts zu verbergen.«

Kappl brauchte nicht lange. Außer einem Bett und einem Schrank gab es hier nichts. Unter der Matratze lag auch keine Waffe. Er gesellte sich wieder zu Wax und Deininger, der wie ein Schießhund Wache gehalten hatte und mit einer Frage rausplatzte, die ihn anscheinend schon die ganze Zeit gequält hatte:

»Hast du Kathi geliebt?«

Auf jeden Fall eine gute Frage. Wax schwieg, sein Kopf zuckte kurz in Richtung Deininger, dann zu Kappl, der sofort nachsetzte.

»Du hast sie geliebt«, stellte er fest.

Kein Wort von Wax.

Kappl zog die Daumenschrauben an, nahm das Foto aus der Tasche und warf es Wax in den Schoß.

»Du hast doch Schuldgefühle!«, schrie er ihn an. »Säbelst dir die Haare ab und drückst Zigaretten auf deiner Hand aus.«

»Bullshit!« Wax fegte das Foto, das ihn mit schulterlangen Haaren zeigte, auf den Boden.

Deininger wechselte die Stellung, platzierte sich hinter Wax, ging in die Knie, redete mit Wax' Hinterkopf.

»Auf wen warst du eifersüchtig, Charlie?«

Das machte Deininger gut. Nahm die Frage auf, wandelte sie, zielte darauf, Wax aus der Reserve zu locken. Aber der schloss nur die Augen und schien vor sich hin zu reden oder zu summen.

Deininger ließ nicht locker. »Ich hab Kathi selbst ganz gut gekannt. Das war nicht der Typ Frau, der mit irgendwelchen Männern rummacht. Wenn sie wirklich mit dir zusammen war, hattest du überhaupt keinen Grund, dir Sorgen zu machen.«

Nichts. Genauso gut hätte Deininger mit einer Parkuhr sprechen können. Also beschloss Kappl den Frontalangriff.

»Charlie, wo warst du gestern zwischen fünfzehn und achtzehn Uhr?«

Die Frage wirkte wie ein Defibrillator. Der Totgeglaubte fand ins Leben zurück.

»Ich war hier und hab an 'nem Song gebastelt.«

»Was natürlich keiner bestätigen kann. – Du hast nicht

zufällig in einem Eifersuchtsanfall Kathis Wohnungstür aufgebrochen?«

»Jetzt reicht's mir aber!« Wax sprang aus dem Sessel, aber Kappl und Deininger fingen ihn ab und drückten ihn wieder ins Leder.

Endlich kam er in Fahrt, die Dämme brachen, seine Stimme hätte ohne Verstärkung ausgereicht, den St. Johanner Markt zu beschallen.

»Ihr kommt hier einfach rein und beschuldigt mich, meine Freundin umgebracht zu haben!« Wie ein Raubtier rutschte er im Sessel hin und her, hieb mit seinem Zeigefinger in die Luft. »Das ist doch alles Scheiße!«, brüllte er. »Ich war gestern nicht in ihrer Wohnung!«

Wieder hob er sich aus dem Sessel, griff einen Schlüsselbund, der auf dem Tisch lag, wieder zogen Kappl und Deininger ihn zurück.

»Und aufgebrochen hab ich sie erst recht nicht! Ich habe einen eigenen Schlüssel.« Er warf den Bund zurück auf den Tisch.

»Charlie, hast du auch eine Pistole?«, fragte Kappl, ohne ein Zeichen, ob er Wax nun glaubte oder nicht.

Der Dampfdruck ließ nach. Wax beruhigte sich, die Wut machte Fassungslosigkeit Platz.

»Was?« Sein Blick sprang von Deininger zu Kappl. »Nee. Hab ich nich.«

Kappl beugte sich zu ihm hinunter, er wusste, Deininger würde Wax bei der geringsten verdächtigen Bewegung außer Gefecht setzen. »Eifersucht, kein Alibi, und plötzlich befällt dich ein völlig natürlicher Fluchtinstinkt, wenn du Bullen siehst. Charlie, was würdest du an meiner Stelle von der Sache halten?«

»An deiner Stelle?« Wax überlegte einen Moment. Kappl sah Erschöpfung in seinen grauen Augen. Und eine Trauer, die hinter ähnlich dicken Betonwänden versteckt war wie die Rockfabrik. »An deiner Stelle würde ich mich verpissen, Meister.«

»Hey!« Deininger stieß Wax den Zeigefinger vor die Nase. Die Wogen schlugen wieder hoch.

»Ihr habt doch nichts gegen mich in der Hand!«, schrie Wax, der allerdings nur seine rechte Hand einmal öffnete und dann wieder schloss.

Kappl und Deininger tauschten einen Blick. Wax hatte recht. Sie hatten gar nichts gegen ihn in der Hand. Natürlich fanden sich seine Fingerabdrücke in Kathis Wohnung. Natürlich flog dort überall seine DNA herum.

»Schaumer mal«, sagte Kappl und holte den Erste-Hilfe-Koffer für Ermittler aus dem Auto, in dem sich ein Set zur Sicherung von Schmauchspuren befand.

Wax hatte jeden Widerstand aufgegeben und ließ die Prozedur reglos über sich ergehen. Kein Befund. Was nichts zu bedeuten hatte. Wenn Wax die Tat geplant hatte, war er sicherlich nicht ohne Schutzkleidung losgezogen. Wenn sich Kappl nicht täuschte, dann hatte Wax eine spezielle seelische Störung, bei der sich die Menschen selbst verletzten, sich Schnittwunden zufügten, damit sie sich spüren konnten. Der Schmerz war ihre Tür zu sich selbst. Mit Wax' Vorgeschichte konnte es gut sein, dass er sich den größten Schmerz zugefügt hatte, der möglich war: Er hatte die Frau umgebracht, die er geliebt hatte. Sich fühlen und sich gleichzeitig die gigantischste Strafe aufzuerlegen, die möglich war. Wax hatte womöglich ein ganzes Paket seelischer Störungen.

»Charlie, wir kommen wieder.« Deininger sprach den Satz als Drohung aus, und Kappl war sich sicher, dass er das auch genau so meinte.

Noch bevor sie am Auto angekommen waren, saß Wax schon wieder an seinem Instrument. Jetzt sang er die letzten Zeilen von »First time alone«, und wieder rührte es Kappl am Gemüt: »*I was alone with you,* ich war alleine mit dir – das erste Mal.«

Deininger deutete auf die Uhr. »Wir müssen auf den Halberg. In zehn Minuten geht die Rotarier-Versammlung los. Im Schloss. Bader.« Starr schaute er aus dem Fenster.

»Dann los.« Kappl schob die Hand nach vorne, Deininger gab Gas. Sie schwiegen um die Wette, Deiningers Miene blieb undurchschaubar. Kappls Handy meldete sich. Sein Vater.

»Grüß di, Papa.« Aber sein Vater antwortete nicht, sondern fing hemmungslos an zu weinen. Ein Metallband legte sich um Kappls Magen. Vielleicht hätte er doch besser einen anderen Zeitpunkt wählen sollen, ins Saarland zu gehen. Aber der Tod hielt sich nicht an die Wünsche der Menschen. Das war das Leben, und es half nichts, sich gehen zu lassen. Noch bevor klar war, dass seine Mutter sterben würde, hatte er die Bewerbung ins Saarland eingereicht. Der Krebs hatte Mutter so schnell aufgefressen, dass die Ärzte nur gestaunt hatten. Die Trauer versuchte das Regiment zu übernehmen, aber Kappl schlug sie zurück, erwürgte sie. Als seine Mutter tot war, hatte er geweint, er hatte getobt, und er hatte Gott verflucht, an den er nicht glaubte. Nur gut, dass er nicht in Amerika von ihrem Tod überrascht worden war. Das hätte er sich niemals verziehen. Seine amerikanischen Kollegen hatten am Tag ihrer Beerdigung eine Schweigeminute eingelegt. Das waren Freunde, Kappl vermisste sie schmerzlich. Und jetzt saß dieser Deininger neben ihm und wartete nur darauf, dass er losflennte wie ein Bub, der sich das Knie angeschlagen hatte. Niemals.

»Ach, Papa. Ich vermisse Mama ja auch«, sagte er in das Schluchzen seines Vaters hinein. »… Ja, Papa, du hast ja recht. Saarbrücken war wirklich der schlechteste Zeitpunkt. Aber …« Kappl besann sich. Das wollte er mit seinem Vater allein besprechen. »Du, ich kann jetzt nicht. Wirklich nicht. Ich bin im Einsatz. Ich ruf dich gleich am Abend an. Pfüati.« Er unterbrach die Verbindung, konzentrierte sich, hielt seine eigenen Tränen zurück.

»Warum gehen Sie nicht zurück?«, fragte Deininger.

Kappl musste wider Willen fast grinsen. Deininger griff nach jedem Strohhalm. Sollte er ihm erzählen, warum? Nein, das ging nur ihn und seinen Vater etwas an. Und seine Mutter.

»Meine Stelle ist längst besetzt.« Als Antwort auf Deiningers gefühllose Frage ergänzte er mit einem schrägen Blick auf seinen Kollegen: »Und außerdem habe ich noch nie in meinem Leben aufgegeben.«

Eine weitere gute Strategie gegen gefährliche Gefühle war denken. Er ging die Vernehmung von Charlie Wax noch mal durch. Deininger hatte den Ring nicht erwähnt, weil er ihn auch nicht erwähnt hatte. Damit hatte er sich an die Regeln gehalten. Einer führte, der andere folgte.

»Hätten Sie Charlie vorhin nach dem Ring gefragt?«

Deininger reagierte sofort. »Nee.« Und einen Moment später, immer noch voll Trotz: »Aber ich hab's auch überlegt.«

Kappl steuerte eine Binsenweisheit bei. »Man weiß nie, wie die Querverbindungen laufen.«

Die perfekte Vorlage für Deininger. »Das Saarland besteht nur aus Querverbindungen.«

Das glaubte Kappl gerne, aber ein besonderes Markenzeichen war das nicht. Traunstein, München, Bayern, mein Gott! Der Filz saß überall, die Seilschaften knüpften ihre Bande enger denn je, lernten aus den Erfahrungen aufgeflogener Machenschaften.

»Wie gehen wir bei Bader vor?« Deininger blinkte rechts, bog von der Mainzer Straße auf die Franz-Mai-Straße und fuhr einen Berg hinauf.

»Wir fangen mit dem Ring an. Ich würde sagen, grundsätzlich erst mal vorsichtig.«

»Die Bader, wie hat die auf Sie gewirkt?«, fragte Deininger.

Kappl wunderte sich über den Redeschwall seines Kollegen. »Schwer zu sagen. Sehr beherrscht, unscheinbar, nicht wirklich glücklich. Das Geschäft muss ja schlecht gehen, wenn sie so selten teure Stücke verkauft.«

Deininger brummte zustimmend. »Übrigens, hier oben sitzt der Saarländische Rundfunk.«

Kappl nickte. Das Schild am Fuß des Halbergs war nicht zu übersehen gewesen. Langsam fuhr Deininger am Pförtnerhaus vorbei, und es wunderte Kappl nicht, dass der Wachmann freundlich grüßte und sie ohne jegliche Kontrolle durchwinkte. Der Parkplatz war bis auf einen Behindertenplatz belegt, Deininger seufzte und stellte den Wagen darauf ab.

Die Luft war gut hier oben, registrierte Kappl. Er atmete tief durch, Vögel zwitscherten, alte Bäume spendeten Schatten. Das Schloss Halberg trug seinen Namen zu Recht. Türmchen, Schieferdach, ein Portal mit Spitzbögen, alles perfekt saniert. Jeder Grashalm getrimmt, Efeu, der die Fassade begrünte. Innen modern und trotzdem an die Architektur des Schlosses angelehnt. Etwas für Leute mit Geld. Ein Blick auf die Speisekarte vertrieb den Wunsch, das Restaurant zu seinem Stammlokal zu machen.

»Sind Sie öfter hier?«, fragte er Deininger, der nur verächtlich schnaubte.

Eine junge Frau in Livree hielt sie lächelnd auf, als sie durch das Portal schritten.

»Darf ich Ihre Einladungen sehen?«, fragte sie in vollendeter Höflichkeit.

Kappl sah Deininger an, der nur den Kopf schüttelte. Endlich mal jemand, den er nicht kannte. Kappl zog seinen Dienstausweis.

»Wir möchten mit Herrn Bader sprechen.«

Sie nickte zu Deininger hin. »Ihr Kollege?«

Kappl verbiss sich ein Grinsen, Deininger zog ebenfalls seinen Dienstausweis, den die Frau genauso gründlich studierte wie den von Kappl.

»Herr Deininger, Herr Kappl«, sie nickte beiden zu, »wenn Sie mir bitte folgen möchten?«

Sie führte die Kommissare durch das Restaurant hinaus auf die Terrasse und bat sie, einen Moment zu warten. Keine Sekunde lang hatte die Hostess ihre Contenance verloren. Ein echter Profi. Gerade noch in Hörweite stand eine Gruppe, mehrere Männer und eine Frau, einer besser gekleidet als der andere.

Ein Endfünfziger mit grau meliertem Anzug, grau meliertem Haar und grau melierter Krawatte war augenscheinlich der Referent des Abends.

»Ich persönlich bin der festen Überzeugung, dass die Vernetzung der Universität des Saarlandes mit innovativen Firmen unmittelbar vor Ort außerordentlich effizient ist. Unsere geographische Mittelpunktlage in Europa, die Nähe zu Frankreich und dem Finanzplatz Luxemburg, das gibt dem Saarland-Cluster eine eigene Dynamik …«

Deininger tat so, als hörte er nichts, aber Kappl sah ihm an, dass ihm das Gerede auf die Nerven ging.

Die Hostess hatte sich Alain Bader herausgepickt, sprach ihn leise an, sodass es niemand sonst hören konnte, und zeigte in Richtung der beiden Kommissare. Bader drehte sich um, Sorgenfalten auf der Stirn.

Die Hostess nahm eine Klingel vom Tisch und läutete, die Besucher machten sich auf den Weg, mehr zu erfahren über den Saarland-Cluster. Bader ging ein paar Schritte, zögerte, nahm dann Tempo auf und Haltung an. Kappl kam ihm entgegen und schüttelte seine Hand.

»Guten Tag, Herr Bader. Ich bin Kriminalhauptkommissar Franz Kappl von der Kripo Saarbrücken, und das ist mein Kollege Kriminaloberkommissar Herr Deininger. Wir haben ein paar Fragen.«

»Ja?« Bader war aufmerksam, wirkte aber erschöpft. Seine rote Krawatte und sein Hemd, das mit weißen Karrees bedeckt war, sein Anzug, der perfekt saß, ganz der erfolgreiche Geschäftsmann.

Kappl zog die Tüte mit dem Ring aus der Tasche. »Kennen Sie diesen Ring?«

»Natürlich. Der ist von uns. Ich habe ihn Frau Schaller geliefert. Im Auftrag eines guten Freundes.« Er holte Luft. »Ich habe gehört, was mit Frau Schaller passiert ist. Es tut mir sehr leid.«

»Und wie heißt Ihr Freund?«, fragte Kappl.

Bader winkte ab. »Sie verstehen sicher, dass ich seinen Namen in dieser ...«, er suchte nach dem richtigen Wort, »... dieser etwas delikaten Angelegenheit nicht nennen kann.«

»Kannten Sie Frau Schaller schon vorher?« Kappl blieb dran.

Alain Bader schüttelte den Kopf. »Nein«, sagte er nur. Nichts weiter. Abgehakt, erledigt. Aber Kappl ließ sich die Butter nicht so schnell vom Brot nehmen. Bei diesem Bader stimmte etwas nicht. Um genau zu sein, hatte Kappl das Gefühl, dass Bader log wie gedruckt.

»Was hat Ihr Freund denn für den Ring so angelegt?«, setzte er nach.

»Der Kaufpreis betrug neuntausendvierhundertachtzig Euro.«

»Gibt es Zahlungsbelege? Kreditkarte vielleicht?«

Energisches Kopfschütteln. »Cash.«

»Weshalb hat denn Ihr Freund den Ring verschenkt?« Kappl wurde unruhig, aber er wollte nicht mit der Tür ins Haus fallen. Falsche Verdächtigungen waren schnell ausgesprochen und konnten unangenehme Folgen haben. Ärger mit den Medien. Ärger mit dem Chef.

»Das weiß ich nicht.« Bader steckte die Hände in die Hosentaschen.

Deininger verzog das Gesicht. Ihm war deutlich anzusehen, dass er Bader ebenfalls für einen Lügner hielt. »Ist Ihr ›Freund‹«, die Anführungszeichen waren so groß, dass sie jemanden hätten erschlagen können, wären sie zu Boden gefallen, »verheiratet?«

Aber Bader blieb in der Rolle des diskreten Geschäftsmannes, der seinen Kunden nicht verpfeifen will.

»Ich kann dazu wirklich keine Stellung nehmen.«

»Herr Bader, mal so unter uns: Der Liebhaber von Frau Schaller ist uns bekannt.« Deininger lächelte.

Gut gegeben, dachte Kappl. Genau im richtigen Moment. Deininger war zwar ein eitler Pfau und ein kleines gekränktes Kind dazu, aber er wusste, wie man eine Auster knackte. Baders Gesichtszüge gerieten durcheinander, und außer einem verschreckten »Ach« brachte er nichts heraus.

Kappl gab den nächsten Schuss ab. »Ein gewisser Charlie Wax. Aber ich kann mir nicht vorstellen, dass dieser Mann einen so teuren Ring bei Ihnen kauft.«

Bader brachte sich wieder unter Kontrolle, lächelte verbindlich. »Wax? Nein, den Namen hab ich noch nie gehört.«

Kappl nickte. »Danke schön, Herr Bader, das ist erst mal alles.«

Bader zögerte einen Moment zu lange, wohl in Erwartung weiterer Fragen. Dann drehte er sich um und ging zurück ins Schloss, um sich anzuhören, wie man mit dem Saarland-Cluster Geschäfte machen konnte. Kappl nutzte die Gelegenheit und bog nicht direkt zum Parkplatz ab, sondern blieb im Park des Schlosses.

»Ich habe meiner Freundin mal ‘ne Brosche aus der Türkei mitgebracht. Ganz schön, aus Gold. Eigentlich zu teuer für mich. Die ist vor Freude fast ausgeflippt.« Er ging weiter. Was er sagen wollte, würde Deininger nicht gefallen. Er versuchte seinen Kollegen vorsichtig hinzuführen. »Also, da will man doch dabei sein. Und der Freund von Bader lässt so einen Ring einfach liefern?«

Aber Deininger reagierte nicht. Er lief weiter, die Stirn wellig wie ein frisch gepflügter Acker, die Hände in den Hosentaschen. Dann also mit dem Holzhammer. Es lag doch auf der Hand!

»Ich glaube, Kathi war Baders Geliebte!« Jetzt war es raus, und Deininger reagierte genau so, wie Kappl es erwartet hatte.

»So ein Quatsch. Was sollte Kathi mit so einem alten Sack?«

Kappl konnte es nicht lassen. »Doch eifersüchtig?«

Deininger stöhnte, wandte sich ab und lief weiter. Mist. Das war natürlich die falsche Frage gewesen. Was war nur los? Anstatt Deininger die Hand zu reichen, seine Gefühle zu respektieren und ihm zu helfen, nutzte er jede Gelegenheit, um ihm eine zu verpassen. Hatte er das nötig?

»Nur Fakten zählen!«, rief er und lief Deininger nach, versuchte das Gespräch wieder auf eine sachliche Ebene zu bringen.

Deininger blieb abrupt stehen, drehte sich um und stach mit dem Zeigefinger Richtung Kappl. »Wenn jeder Täter einen Fehler machen würde, hätten wir eine Aufklärungsquote von hundert Prozent!«

Gut. Jetzt waren sie wenigstens aus der verminten Zone raus.

»Die zwei Prozent, die uns bei der Aufklärung von Morden fehlen, das sind Fehler, die von uns wegen Schlamperei oder zu viel Emotionen gemacht werden.« Kappl wollte Deininger nicht zu nahe treten, er wollte ihm nur erklären, dass es einfach den Tatsachen entsprach, dass Befangenheit, ausgelöst durch mangelnde Distanz, die Ermittlungen negativ beeinflussen konnte. Das musste er doch wissen, das war schließlich eine der ersten Lektionen, die man als Polizist lernte, egal ob in Grün oder in Zivil. Aber anscheinend hatte er das Minenfeld nicht verlassen, sondern war mit einem Kopfsprung in ein Fettfass eingetaucht. Deininger lief rot an.

»Ich lass mir keine Schlamperei und zu viel Emotionen in einer Mordsache vorwerfen!« Er wurde immer lauter, schließlich brüllte er. »Und von Ihnen schon gar nicht. Herr Kappl!«

Die letzten beiden Worte hatte Deininger so betont, dass er genauso gut »Herr Arschloch« hätte sagen können. Das war Kappl klar, und es war ihm auch klar, dass er die Situation definitiv verbockt hatte. Deininger hatte in der Rockfabrik seinen Fehler natürlich mitbekommen, und das hatte seine Einstellung ihm gegenüber nicht verbessert. Was jetzt? Er konnte nicht einfach seine Autorität baden gehen lassen und Deininger recht geben. Sein Handy meldete sich. Endlich mal zum richtigen Zeitpunkt. Er fischte es aus der Jackentasche, fixierte seinen Kollegen noch eine Zeit lang grimmig, und meldete sich im Kasernenton, ohne auf die Nummer zu achten.

»Kappl!«

»Was ist denn los, Bub?«

Kappl trat zur Seite und senkte die Stimme. »Nix, alles in Ordnung. Ich hab nur jetzt keine Zeit. Entschuldige bitte. Ich ruf dich später an. Pfüati.«

Deininger ging zum Wagen, Kappl folgte ihm. Es war bereits spät, es gab keine dringenden Geschäfte, also ließ er sich zum Wohnheim fahren.

Sie verabredeten sich für den nächsten Morgen um sieben im Präsidium.

Kappl duschte sich, legte einen Teppich aus, machte das Bett und hängte ein paar Bilder an die Wand, darunter eins von ihm, seinem Vater und seiner Mutter, im Urlaub in der Türkei. Da war er zwölf gewesen und glücklich. Er strich mit dem Finger über das Glas. Verdammt, er vermisste seine Mutter mehr, als er es zugeben konnte. Ein Jahr, so hieß es, müsse man trauern, wenn man einen nahen Angehörigen verloren hatte. Ein Jahr die Hölle? Leichter Schwindel ergriff ihn, er setzte sich auf sein Bett und nahm die Tuba. Das half fast immer.

Er vollzog das Ritual des Putzens und Warmspielens, dann blies er einen Trauermarsch. Es half tatsächlich. Der Atem, komprimiert zu Tönen, presste förmlich die schlechten Gefühle aus ihm heraus. Wieder begannen irgendwelche Kulturbanausen gegen Wand und Decke zu klopfen. Kappl setzte ab, brüllte: »Ruhe!«, und es funktionierte. Eine halbe Stunde spielte er weiter, dann beschloss er, Horst Jordan anzurufen. Sorgfältig verstaute er sein Instrument im Koffer, wählte die Nummer. Jordan meldete sich sofort, aber plötzlich war er wieder weg, und es krachte in der Leitung. Kappl wollte sich schon Sorgen machen, aber schnell war Jordan wieder dran und beruhigte ihn.

»Mir ist nur das Handy aus der Hand gefallen.«

»Alles klar. Bist du noch im Büro?«

»Ja, gerade im Abflug.«

»Was ich wissen wollte: Was ist beim Waffenscheinabgleich herausgekommen?«

»Moment, ich hab's gleich.« Kappl hörte Papierrascheln. »Hier. In Saarbrücken sind insgesamt einhundertvier Waffen Kaliber 7.65 verschiedener Fabrikate in Waffenscheine eingetragen.«

»Gibt es eine Liste?« Kappl genoss das Gespräch. Keine Minen, keine Abgründe, einfach nur professioneller Austausch von Informationen.

»Der Stadtverband hat sie uns zugesagt. Das heißt, wir müssen morgen auf jeden Fall noch mal Druck machen. Die Ämter sind manchmal so was von langsam. Ich kümmere mich darum.«

»Gut. Wie sieht's mit unserem Freund Charlie aus? Irgendwas Neues?«

»Seine Fingerabdrücke sind natürlich überall in Kathis Wohnung. Wir konnten sie sofort abgleichen, wir haben ihn ja in der Sammlung. Stefans Spuren haben wir auch abgeglichen, war nicht dramatisch. Er hat nichts zerstört. Und dann ist mir da noch was aufgefallen. Wir haben an der aufgebrochenen Tür nur Talkumspuren entdeckt. Keine Fingerabdrücke. Und das Talkum kann eigentlich nur von Latexhandschuhen stammen. Und das wiederum würde auf einen anderen Täter hinweisen.«

»Danke, Horst. Gute Arbeit.«

Jordan seufzte. »Sag das mal Kathis Hauswirt. Der macht einen Riesenaufstand wegen der schwarzen Flecken vom Fingerabdruckpuder. Das ist halt überall. Der will nicht kapieren, dass das ganz normal ist, wenn die Spusi kommt.«

»Der hat vielleicht Sorgen! Na dann. Gute Nacht.«

»Gute Nacht.«

Kappl wollte sich gerade hinlegen, da meldete sich sein Handy erneut. Die Nummer kam ihm bekannt vor. Ach ja. Frau Braun.

»Herr Kappl, da müssen Sie unbedingt hin.«

»Guten Abend, Frau Braun. Wohin denn und warum?« Kappl grinste in sein Handy.

»In die Rockfabrik, da läuft heute Abend ein Konzert. Zum Andenken an die Kathi. Die haben das ganz spontan organisiert, und da sind jetzt bestimmt schon zweihundert Leute.«

Kappl hörte auf zu grinsen. »Frau Braun!« Er legte Nachdruck in seine Stimme. »Sie sind eine Perle. Danke für den Tipp. Ich bin schon unterwegs.«

***

Deininger war direkt nach Homburg gefahren. Rhea war noch da, sie hatte ihm versprochen, zu warten. Sie zog die Lade auf, Deininger atmete tief ein. Ein weißes Tuch verdeckte Kathis Körper bis zum Hals. Sie sah noch immer aus, als würde sie schlafen. Er hatte sich tatsächlich Hoffnungen gemacht, Kathi könnte sich vielleicht für ihn interessieren. Der Kuss gestern, der war so echt gewesen. Rhea schob die Lade wieder zu.

»Ich wollte sie nur noch mal sehen. Danke, Rhea.«

Er fuhr sich mit der Hand über die Augen und wischte ein paar Tränen weg. »Ich hab sie wirklich gern gehabt.«

Rhea stand einfach da. Hörte zu.

»Als Bulle lernst eh nur Kriminelle oder Kollegen kennen!«

Sie lächelte wissend, und Deininger fragte sich, warum er sich noch nicht in Rhea verliebt hatte. Sie war schlicht eine Traumfrau. Schön, intelligent, warmherzig, gebildet, humorvoll. Aber die Liebe hielt sich nicht an Rezeptbücher. Kathi hatte sich mit diesem Wax eingelassen. Und wenn der Kathi auf dem Gewissen hatte, dann gnade ihm Gott. Es half nichts. Er gab sich einen Ruck, verschob sein Selbstmitleid auf später.

»Hast du schon was?«

Rhea war sichtlich erleichtert, dass sie zur Sache kamen.

»Also. Der erste Schuss hat sie im Stehen getroffen. Er war tödlich. Der Täter hat trotzdem zwei weitere Schüsse auf sie abgefeuert. Als sie schon am Boden lag. Da muss jemand einen unglaublichen Hass im Bauch gehabt haben.«

Sie verschränkte ihre Arme unter der Brust. Deininger

kannte diese Geste. Auch Rhea musste sich zusammenreißen.

»An ihren Haaren und im Nackenbereich habe ich kurze Kunstfasern gefunden.«

Deininger spürte den Kick des Jägers, wenn er die Fährte aufnimmt. »Sind die Spuren schon bei Jordan?«

»Ja. In Kathis Blut habe ich einen leichten Alkoholgehalt festgestellt. Null Komma drei Promille.«

Deininger kräuselte die Lippen. »Das war der Sekt von meiner großartigen Geburtstagsparty.«

»Hast du gewusst, dass sie Marihuana geraucht hat?«

Deininger traute seinen Ohren nicht. Wenn Kappl so etwas gesagt hätte, dann wäre er ihm an den Hals gegangen.

»Kathi? Gekifft?«

»Sogar ziemlich heftig.« Rhea zögerte. »Außerdem hat Kathi vor ihrem Tod mit einem Mann geschlafen. Das Sperma wird derzeit untersucht.«

»Vergewaltigt?«, fragt Deininger halbherzig, und Rhea bestätigte seine Vermutung.

»Definitiv nicht.«

»Gekifft? Rumgevögelt? Ich kann mir das bei Kathi einfach nicht vorstellen.«

Deininger fühlte sich elend, wollte nur noch raus hier. Verflucht, wenn Rhea das sagte, dann stimmte das auch. Trotzdem. Er wusste nicht, wohin mit seinen widerstreitenden Gefühlen.

Er fuhr zurück nach Saarbrücken, und ihm war klar, wo er sich heute Abend besaufen würde. Sein Handy spielte einen Klingelton. Kappls Nummer. Er ließ es läuten. Nach dem achten Mal ging er dran.

»Was is?«

»In zehn Minuten an der Rockfabrik. Gedenkkonzert für Kathi.«

Deininger brummte nur.

»Und was heißt das, bitte?«

»Ich komme. Was soll es denn sonst heißen?« Deininger legte auf und gab Gas.

***

Die Autos hatten den ganzen Weg zugeparkt, es waren mindestens vierhundert. Eine interessante Mischung. Freunde, Bekannte und Fans von Charlie Wax und jede Menge Polizisten, die die Gelegenheit nutzten, Kathi die Ehre zu erweisen. Der eine oder andere wollte sich vielleicht auch den Mann ansehen, der Kathi möglicherweise auf dem Gewissen hatte. Kappl musste Deininger nicht daran erinnern. Kaum waren sie aus dem Wagen, ging er auf eine Gruppe zu, sprach sie an und machte ihnen klar, dass es mächtig Ärger geben würde, wenn irgendjemand von der Truppe aus der Reihe tanzen und ihnen in die Ermittlungen pfuschen würde. Na bitte, Herr Deininger, geht doch, dachte Kappl. Er hatte sich ein blaues T-Shirt angezogen und versuchte, nicht wie ein Bulle auszusehen. Das gelang ihm genau fünf Minuten, bis zu dem Moment, als er einer Bedienung eine Frage stellte.

»Ich werde antworten«, sagte die junge Frau, »aber nur, weil ich will, dass ihr das Schwein kriegt. Und eins schon mal vorneweg: Der Charlie, der is kein Killer.«

»Wie war das denn zwischen Charlie und Kathi?«

Deininger trat hinzu und spitzte die Ohren.

»Die haben sich echt geliebt. Kathi war endlich die Richtige für Charlie. Die hätte was aus ihm gemacht. Sie war nicht so verplant wie das Genie da vorne.«

Sie zeigte zur Bühne, wo sich Charlie Wax die Seele aus dem Leib spielte. Eine kleine feine Band, eine saubere Rockballade, mit einem zum Anlass passenden Text: »I miss you!«

Die Barkeeperin hob die Stimme. »Der lässt sich noch vom hinterletzten Clubbesitzer über den Tisch ziehen und drückt sich dann vor Frust Zigaretten auf dem Arm aus. Dabei könnte der voll am Start sein, so wie er spielt und singt.«

»War sie so was wie seine Managerin?«

»Auch. Und sie wollte selber einsteigen.«

Kappl stellte sich dumm. »Als was?«

»Die singt echt gut. Na ja, hat gut gesungen. Nicht perfekt, aber Charlie hat sich megamäßig Mühe gegeben. Sonst macht er die Musiker wegen jedem kleinen Scheiß gleich fertig. Wollt ihr was trinken?« Sie schaute zu Deininger. »Mein Gott, so viele Bullen hab ich noch nie auf einem Haufen gesehen.«

»Zwei Bier«, sagte Kappl, nahm die Flaschen entgegen, gab eine Deininger, der sie immerhin nahm und einen Schluck trank, allerdings ohne mit ihm anzustoßen.

»Die hatten ihren Traum, wollten richtig groß rauskommen. Mit Tourneen und so, Plattenvertrag. Aber nich so kommerzieller Scheiß, richtig gute Musik. Wie das, was er da gerade spielt. Ehrlich. Wisst ihr, der Charlie hat echt einen Hau weg. Aber er ist cool.« Gäste murrten, sie musste ihre Arbeit machen.

Sie wühlten sich durch die Menge, die mitsang, klatschte und sich im Rhythmus bewegte. Deininger grüßte hier und da einen Kollegen, Kappl musterte Charlie Wax. Keine einzige Träne hatte der bisher vergossen. Zumindest nicht in seiner Anwesenheit. Auch vorhin, als er sich von der Bühne her von Kathi verabschiedet hatte, die Leute ihre Feuerzeuge gezündet hatten und Kappl fast die Tränen gekommen wären, Deininger sowieso, hatte Wax keine Regung gezeigt.

Kappl gab seinem Kollegen ein Zeichen und verzog sich nach draußen, er brauchte frische Luft, die Rockfabrik war mit Zigarettenqualm verseucht, dass es ihm im Hals kratzte. Jemand tippte ihm auf die Schulter. Er fuhr herum, vor ihm stand ein Mädchen, nicht älter als sechzehn.

»Bist du der Bulle, der Charlie verhaften will?«

Piercings verzierten ihre Lippen und ihre Ohren. Durch die rechte Wange hatte sie sich eine Brosche gesteckt.

»Von Wollen kann keine Rede sein. Nur wenn ich beweisen kann, dass er Kathi erschossen hat, dann bin ich mit Sicherheit der Bulle, der Charlie Wax verhaften wird.«

»Cool, Alter.«

Alter? Verdammt. Das Mädchen hatte recht. Er war mindestens doppelt so alt wie sie.

»Was willst du? Hast du Kathi gekannt?«

Sie spuckte auf den Boden. »Ich kenne Charlie. Er hat das Gleiche wie ich. Er ist Borderliner.«

Kappl hatte es bereits vermutet. Die Narben, die Verletzungen mit der Zigarette. »Und?«

Sie zeigte auf die Brosche. »Die hat meiner Alten gehört. Tut weh. Genauso weh, wie meine Alte wehgetan hat.« Sie grinste, die Brosche rutschte nach oben. »Er hat Kathi geliebt und gehasst. Gleichzeitig.«

Kappl wurde hellhörig. »Hat er sie geschlagen?«

»Was? Wo hast du denn so einen Schwachsinn her? Lernt ihr denn gar nix bei den Bullen? Der hätte sich für sie in Stücke reißen lassen. Klar ham die sich gezofft. Sie war ja auch kein Engelchen.«

Aus dem Dunkeln peitschte eine Stimme herüber, schrill, brutal, nicht misszuverstehen.

»Ich hab dir gesagt, du sollst nicht mit Bullen reden!«

Das Mädchen zögerte keine Sekunde, drehte sich um und war verschwunden. Vergeblich versuchte Kappl sie wiederzufinden. Verdammter Mist. In der Halle brach Applaus los. Das Konzert war zu Ende, Charlie dankte allen und verabschiedete sich. Kappl ging zurück in die Halle und platzierte sich neben Deininger.

»Kathie hat ein Doppelleben geführt. Das steht fest«, sagte er zu seinem Kollegen. Fast schon bereute Kappl den Satz, aber Deininger schlug nicht auf ihn, sondern auf Wax ein.

»Mit dem Typ da!« Er spuckte die Worte aus. Das Objekt seines Hasses kam zu ihnen.

»Habt ihr inzwischen wenigstens 'ne Ahnung, wer Kathi erschossen hat?«

Beide schüttelten synchron den Kopf. Einem Verdächtigen teilte man üblicherweise nicht den Stand der Ermittlungen mit. Und verdächtig war Wax nach wie vor.

»Und du hast Kathi singen beigebracht?«, fragte Deininger abfällig. Wax schien das nicht zu beeindrucken.

»Kathi war ein Naturtalent. Fast perfekt, manchmal ein bisschen zu wenig groovig, ein bisschen zu straight, aber sie hat schnell gelernt.«

»Ist der Song von dir?«, fragte Kappl. Es interessierte ihn tatsächlich.

»Ja.«

Wax war vollkommen ruhig. Wie auf Drogen. Musik konnte durchaus eine Droge sein. Kappl nickte anerkennend.

»Wieso? Spielst du auch was?«

Oh nein. Nicht diese Frage. Nicht jetzt, nicht hier. Aber Kappl saß in der Falle.

»Tuba.«

Entsetzte Blicke.

»Basstuba.« Das machte es nicht besser.

Wax sah Deininger an, der kurz vor einem Lachkrampf stand.

»Na ja, ich komm vom Dorf. Und als Jungs haben wir die alten Musikinstrumente von der freiwilligen Feuerwehr bekommen. Da bin ich halt an der Tuba hängen geblieben.«

Kappl begriff, dass jedes weitere Wort ein Wort zu viel gewesen wäre, und ging wieder in die Offensive.

»Charlie, hast du mal was mitgeschnitten von Kathi und dir?«

Charlies Lachen starb. Klar, dass er keine Lust hatte, sich in die Karten schauen zu lassen. Kappl erklärte ihm, worum es ging.

»Wenn wir verstehen, was zwischen euch beiden war, kann uns das helfen, den Typen zu kriegen, der ihr drei Kugeln in die Brust geschossen hat. Und wenn du es nicht warst, hast du nichts zu verbergen.«

Wax holte tief Luft.

»Okay.«

Wax ging vor, begleitet von neugierigen Blicken. Immer wieder klopften ihm Leute auf die Schulter, versuchten Trost zu spenden, wo es keinen zu spenden gab. Selbst wenn Charlie der Täter war, konnte seine Trauer über den Verlust seiner großen Liebe unendlich sein, hundertfach verstärkt durch das schlechte Gewissen, dass er es selbst gewesen war, der Kathi ermordet hatte.

Deininger schloss die Tür zu Charlies Wohnung, postierte sich wie ein Bodyguard neben dem Ledersessel, in den sich Charlie hatte fallen lassen, nachdem er die DVD eingelegt hatte. Er rauchte eine Zigarette in wenigen Zügen, ließ die Kommissare warten. Dann drückte er an der Fernbedienung den Play-Knopf, und die Fünfhundert-Watt-Stereoanlage peitschte Kathis Stimme durch den Raum. Kappl hatte sich so positioniert, dass er beide Kandidaten im Blick hatte. Deininger presste die Kiefer aufeinander, die Kaumuskeln arbeiteten, kein Wunder, er hatte eine harte Nuss zu knacken. Wax begann seinen Oberkörper im Rhythmus der Musik zu bewegen, er grinste selig, als wäre er im Aufnahmeraum eines großen Produzenten und Kathi nur einen Moment auf der Toilette, um ein wenig Rouge aufzulegen.

Bei allem, was recht war, diese Frau hatte eine Stimme,

die einem durch und durch ging, auch wenn man nicht in sie verliebt war. Mit Sicherheit eine unabdingbare Voraussetzung für Erfolg. Auf der DVD saß Charlie neben Kathi auf einem Barhocker und griff in die Saiten, immer wieder sah er sie an, nickte, lachte, unterbrach kurz. »Gib mehr Gas«, sagte er, und tatsächlich, Kappl hätte es nicht für möglich gehalten, Kathis Stimme gab Gas, und wie. Charlie zuckte zusammen. »Oh, I miss you«, sang sie, als wäre jeder Ton ihr letzter.

»Ja«, sagte Charlie auf der DVD. »Ja! Gut so.«

Kathi lachte beim Singen, schaute ihn immer wieder an. War das Liebe? Oder Professionalität? Kappl wusste es nicht. Kathi konnte es ihm nicht mehr sagen, aber genau das musste er herausfinden. Deininger hatte an einer Stelle sein Steingesicht aufgegeben und einen Moment gelächelt. Einen Moment. Das Lied war zu Ende, Wax und Kathi küssten sich.

Deininger zerstörte den Moment der Innigkeit, Kappl wusste nicht, ob aus Eifersucht oder Professionalität.

»Wie man so hört, ist aus deiner Karriere nicht viel geworden?«

Wax kehrte zurück in diese Welt, schaltete den Fernseher aus. »Na und? Dafür habe ich ein paar tolle Songs geschrieben.«

Die Kommissare schwiegen. Sie bauten darauf, dass Wax überschwemmt wurde von den Erinnerungen, dass sein Wille brach und er sich verraten würde. Aber Wax hielt sich nicht an die Regeln.

»Zusammen hätten wir's geschafft, Kathi und ich. Dann hätten wir die Hallen gerockt. Hallen! Kapiert ihr? Es wär alles drin gewesen.«

Er drückte seine dritte Zigarette, die er sich innerhalb der letzten zehn Minuten angesteckt hatte, im Aschenbecher aus.

»Und jetzt? Aus der Traum!«

Kappl würde diesem tragischen Helden gerne glauben. Aber was er sagte und wie er sich gab – das passte nicht zusammen.

»Meint ihr wirklich, ich bringe diese Frau um?«, sagte Wax.

Genau das war es. Er sagte: »Ich liebe diese Frau.« Aber er zeigte es nicht. So tot. So vollkommen tot. Dieser Wax war noch lange nicht aus dem Schneider. Deininger sah das genauso.

»Und wenn's mit dem Traum nicht so richtig gelaufen ist?« Er nahm die DVD aus dem Gerät und hielt sie Wax vor die Nase. »Quittung?« Er erwartete keine Antwort, und er bekam auch keine.

Kappl nahm die frische Zigarettenkippe mit einer Pinzette und ließ sie in eine Papiertüte fallen. »DNA.«

Charlies Gesicht zeigte Verachtung. »Einmal Bulle, immer Bulle.«

»Da kannst du einen drauf lassen«, erwiderte Deininger zufrieden. »Und deswegen werden wir dich auch am Arsch kriegen, wenn du irgendwas mit Kathis Tod zu tun hast.«

Sie verließen Charlies Wohnung, durchquerten die Halle, die immer noch voller Menschen war, stiegen die Betonstufen hinunter, hinaus in die warme Nacht, die verschmutzt war vom Tod ihrer Kollegin. Kappl konnte seine Neugier nicht zügeln.

»Spielen Sie auch ein Instrument?«

»Na ja, nicht wirklich.«

»Was heißt ›nicht wirklich‹?«

»Ich musste mal für 'ne Schulaufführung von ›Hans mein Igel‹ Dudelsack lernen.«

Kappl musste lachen, er blieb stehen und wollte noch ein bisschen plaudern. »Das ist ja noch besser als Tuba.«

Aber sein Kollege ging weiter, winkte mit der DVD.

»Dudelsack und Tuba, das klappt nie! Ich fahre mit den Kollegen.« Er zeigte auf eine Gruppe, die ihm zuwinkte.

Kappl stemmte die Hände in die Hüften. Das war ein echt harter Brocken. Oder besser ein echt kleines Kind in der Hülle eines Kriminaloberkommissars. Dagegen war die Mutter von Kappls Exfreundin direkt pflegeleicht gewesen. Als die erfahren hatte, dass er Polizist war, hatte sie ihrer Tochter den Umgang verbieten wollen. Und weil die Tochter das in arge Bedrängnis gebracht hatte, war ihre Beziehung nach sechs Monaten auf dem Friedhof der gescheiterten Liebe gelandet.

Kappl ging noch ein paar Schritte, die aufkommende Brise verteilte Charlies Gesang aus der Rockfabrik – der Applaus hatte ihn noch einmal auf die Bühne getrieben – über die Landschaft. Schade, dass der Laden abgerissen wird, dachte Kappl. Er seufzte, zückte sein Handy und rief seinen Vater an. Es war schon nach eins, aber er war sich sicher, dass er ihn nicht aus dem Bett holen würde.

»Grüß Gott, Franz, mein Bub. Schön, dass du anrufst.«

»Na, wie isses?«

»Es muss halt. Es muss halt. Wie geht's denn bei dir?«

Kappl nahm sich ein Herz. »Also der Einstieg, das war der totale Rohrkrepierer.«

Kappl erzählte jede Einzelheit, und mit jedem Wort wurde ihm leichter ums Herz. Sein Vater hörte ihm zu, fragte an den richtigen Stellen nach, ermutigte ihn. Erst als der Akku seines Handys Alarm gab, beendeten sie das Gespräch. So lange und so intensiv hatten sie seit Jahren nicht mehr geredet. Hatte Mutter *dafür* sterben müssen? So ein Unsinn! Kappl glaubte zwar nicht an den katholischen Gott, an das naive Bild eines lenkenden Überwesens, aber er glaubte, dass es für alles eine Zeit gab. Er unterbrach die Verbindung, schaltete das Handy aus und fuhr zurück in die Stadt, zurück in seine einsame Bullenbude, die selbst mit den Blumen, die man ihm vor die Tür gestellt hatte, nicht wirklich anheimelnd war. Aber er spürte auch kein Heimweh, hatte nicht die geringste Lust zurückzukehren in das Korsett dieser Kleinstadt Traunstein. Ja, er hatte in München gearbeitet, aber trotzdem. Die Wochenenden hatte er immer zu Hause verbracht, und letztlich war es immer das gleiche Ritual gewesen. Die Flucht seiner letzten Freundin hatte ihm die Augen geöffnet. Seine Eltern hatte er vor vollendete Tatsachen gestellt. »Ich gehe für ein Jahr nach Amerika. Nach New York. Und nach Michigan. Da gibt es wenigstens genug Mörder für jeden Bullen. Meine Maschine geht morgen.« Sein Vater hatte nichts gesagt, war in den Keller gerannt, hatte die Türen geknallt, dass sie fast aus den Angeln gesprungen wären. Seine Mutter hatte ihn fünf Minuten lang gedrückt, geweint und ihm dann alles Gute gewünscht.

Kappl setzte sich auf das Bett, packte die Tuba aus und fing an, eine fröhliche Melodie zu spielen, soweit sein Instrument das überhaupt zuließ. Er blies ein paar Töne. Niemand beschwerte sich. Inzwischen hatte sich herumgesprochen, dass der musikalische Folterknecht erstens Kriminalhauptkommissar war und zweitens nie länger als eine halbe Stunde spielte. Die Musik wollte nicht zu ihm kommen, außerdem war es wirklich unverschämt spät, und er musste schon bald wieder aufstehen, um pünktlich zum Dienst zu kommen.

In dieser Nacht träumte Kappl von Rhea Singh. Wie sie in einem Weiher nackt badeten, Sekt tranken, sich liebten und wieder auseinandergingen, ohne ein Wort gesagt zu haben.

DREI

Pünktlich um sieben betrat der Leiter der Mordkommission Saarbrücken den Besprechungsraum. Alle waren bereits versammelt. Der Elan hatte nicht nachgelassen. Kappl sah die vollgeschriebenen Seiten, die Aktenordner, er hatte Ben die Aktenführung zugeteilt, und der junge Mann machte seine Sache gut. An jedem Platz lag ein Briefing über die wichtigsten Ergebnisse. Kappl nickte Jordan zu und hielt ihm die Papiertüte mit dem Zigarettenstummel von Charlie hin.

»Von Charlie Wax.«

Jordan wollte zugreifen, aber Kappl zog die Tüte weg. »Aber nicht fallen lassen!«

Jordan hielt ihm seinerseits seine verkrüppelte Hand hin und ließ die drei Restfinger tanzen. »Such dir einen aus«, sagte mit seiner warmen Stimme und grinste dabei.

Das gefiel Kappl. Der Mann hatte Humor, war nicht so ein Mimöschen wie Deininger, der schon in die Luft ging, wenn man die heilige Kathi verdächtigte, nicht mehr Jungfrau zu sein. Jordan schnappte sich das Tütchen, Kappl setzte sich, grüßte in die Runde und verlor keine Zeit.

»Also. Was ist mit den Ermittlungsverfahren in der Rockfabrik?«

»Das Übliche«, sagte Gerda Braun. »Sprayer, hier und da eine Körperverletzung, aber stellen Sie sich vor«, sie genoss die Spannungspause, »die Kollegen haben vor einem halben Jahr in der Rockfabrik bei einer BTM-Fahndung auch Waffen sichergestellt, die in Luxemburg bei einem Förster geklaut worden sind.«

Kappl knetete seine Hände. »Auch Pistolen?«

»Ja. Drei 7.65. Aber sichergestellt wurde nur eine.«

»Das heißt also, unser Freund Charlie kann sich ganz locker eine 7.65 besorgt haben«, sagte Deininger, und Kappl stellte keine wesentliche Gemütsveränderung zu gestern fest. Nur die schwarzen Ringe unter den Augen seines Kollegen waren nicht zu übersehen. Wahrscheinlich hatte er sich die DVD so lange angesehen, bis die Vögel ihn daran erinnert hatten, dass ein neuer Tag angebrochen war. Vorsorglich hatte Kappl die Erlaubnis des Staatsanwaltes eingeholt, damit die DVD vor Gericht nicht als Beweis verbrannt war. Und er hatte sich ein paar Unterschriften besorgt.

»Horst, du fährst mit deinen Leuten zu Charlie Wax in die Wohnung. Durchsuchungsanordnung liegt beim Ermittlungsrichter.«

»Okay.« Jordan packte seine Sachen und stand auf. »Auch fürs Auto?«

»Wieso Auto? Der hat doch nur einen Chopper?«

Ben seufzte und zeigte auf das Briefing. Jordan war so gnädig, die Kommissare einzuweihen.

»Die Faserspuren von den Haaren und dem Nacken von Kathi stammen von einem Veloursbezug auf einem Autositz.«

»Dann besuchen wir mal den Herrn der Ringe«, sagte Kappl beim Aufstehen. »Der hat doch bestimmt ein Auto.« An der Tür drehte er sich noch mal um. »Ansonsten: weitermachen!«

Wie gewohnt ging Deininger direkt zur Fahrertür, aber Kappl hielt ihn auf.

»Ich muss die Stadt kennenlernen. Und das geht am besten, wenn ich fahre und Sie mir sagen, wenn ich falsch bin. Ist das okay?«

Deininger zuckte mit den Achseln und warf Kappl den Schlüssel zu. »Wenn Sie meinen, wir haben alle Zeit der Welt. Bitte schön.«

Kappl grinste nur, stieg ein und fuhr auf dem kürzesten Weg zum Laden der Baders. Er hatte den Weg auswendig gelernt. Diese Saarländer waren wirklich ein spezielles Völkchen. Deininger ließ sich wie immer nichts anmerken, sie stiegen aus und betraten das Geschäft. Frau Bader grüßte sie zuvorkommend, bot ihnen Sitzgelegenheiten und Kaffee an, während sie auf ihren Mann warten sollten, der jeden Moment kommen müsse. Die Kommissare lehnten dankend ab und legten sich vor der Tür auf dem bewachten Parkplatz auf die Lauer. Sie mussten nur fünf Minuten warten. Bader fuhr einen schwarzen Peugeot, er ließ an der Schranke das Fenster hinunter, steckte seine Parkkarte ein, grüßte den Parkwächter und stellte den Wagen ab.

Die Kommissare gingen von hinten auf ihn zu, Kappl sprach ihn an.

»Guten Tag, Herr Bader.«

Der Juwelier fuhr herum. »Müssen Sie sich so anschleichen? Da kriegt man ja fast einen Herzinfarkt.«

»Wir müssen Ihr Auto untersuchen. Nach Faserspuren. Reine Routine.«

»So können Sie mit mir nicht umspringen«, sagte Bader. Die Kommissare spiegelten sich verzerrt in seiner übergroßen Sonnenbrille.

Kappl trat einen Schritt auf ihn zu. »Wenn Sie mir den Schlüssel nicht geben, beschlagnahmen wir Ihr Auto und lassen es zur Untersuchung ins LKA abschleppen«, sagte er freundlich.

»Mein Anwalt wird Ihnen bestätigen, dass …« Weiter kam Bader nicht. Deininger pflanzte sich neben ihm auf, verschränkte die Arme, legte den Kopf schief und stellte fest:

»Nur wer Dreck am Stecken hat, mauert.«

Bader warf ihm einen vernichtenden Blick zu, konnte sich nicht von ihm abwenden.

Kappl steuerte den juristischen Teil bei. »Ihr Anwalt wird Ihnen bestätigen, dass wir im Recht sind.«

Der Juwelier schien fast zu platzen, er zögerte noch ein paar Momente, gab sich dann geschlagen.

»Geben Sie die Schlüssel im Geschäft ab, wenn Sie fertig sind«, sagte er in befehlendem Ton; ein schwacher Versuch, die Kontrolle zu behalten.

Deininger holte den Spusi-Koffer aus dem Wagen, nahm sich das Klebeband und begann, die Sitze abzutapen. Kappl übernahm die Buchführung. Welcher Streifen von welchem Teil des Sitzes? Er fotografierte, Deininger schnitt eine Grimasse und fragte, ob er das ganze Auto nicht in Gießharz verpacken wolle? Kappl ignorierte seine Bemerkung.

»Hat der Bader Schwierigkeiten?« Der Parkwächter streckte den Kopf zum Fenster hinein.

»Nichts anfassen, bitte zurücktreten«, rief Deininger und war schon aus dem Auto, um den Mann abzudrängen. Kappl winkte ab.

»Ich wäre sowieso noch zu Ihnen gekommen, aber jetzt, wo Sie schon mal hier sind ...« Er zog ein Foto von Kathi aus der Tasche und zeigte es ihm. »Haben Sie die Frau hier schon einmal gesehen?«

Der Mann zögerte nicht. »Ja. Da bin ich sicher. Die vergisst man so schnell nicht. Vor ein paar Wochen ist der Herr Bader mit der Frau zu mir gekommen. Sie hatte ihr Parkkärtchen verloren, und der Herr Bader wollte, dass ich ihr ein Ersatzkärtchen ausstelle. Einfach so, ohne Verlustzuschlag. Das geht doch nicht! Am Ende muss ich das drauflegen. Und der feine Herr Bader lacht sich ins Fäustchen.«

»Mögen Sie den Mann nicht?«

Der Parkplatzwächter beugte sich zu Kappls Ohr. »Man soll ja nicht schlecht über die Leute reden.«

Kappl dachte nur: Oh doch, das sollst du.

»Aber die Baders – machen auf feine Pinkel, aber da is nix dahinter. Die sind doch fast pleite.«

»Hat der feine Herr Bader was mit dieser Frau gehabt?« Kappl wedelte mit dem Foto.

»Das weiß ich jetzt wirklich nicht. Aber wie Fremde haben die nicht gewirkt.«

»Die war öfter hier?«

»Gesehen hab ich sie nur einmal. Wegen dem Parkkärtchen. Die war wirklich nett. Und jetzt ist sie tot. Stand ja in der Zeitung. Eine Kollegin von Ihnen.« Der Mann rieb sich das Kinn. »Also ich glaub nicht, dass der Bader ein Killer ist. Überheblich ist er, und die Ehe ist auch nicht gerade, wie man sich das so vorstellt.«

»Wie stellt man sich das denn so vor?«

»Irgendwie mehr Gemeinsamkeiten. Also ich und meine Frau, wir gehen jeden Tag spazieren. Mindestens eine Stunde. Auch wenn's regnet. Danach gibt's Kaffee und Kuchen, mittags gebbt gess, und abends um sieben mach ich Abendessen, weil Trudchen, das is meine Frau, dann erst von ihrer Freundin zurückkommt. Und den Abend verbringen wir zusammen.«

»Und das ist bei den Baders anders?«

»Der ist unheimlich oft weg. Und die Susanne Bader, die guckt immer so traurig. Awwer, das geht mich ja eigentlich gar nix an.«

Kappl gab dem Parkplatzwächter die Hand. »Sie haben mir sehr geholfen. Vielen Dank.«

»Kriegen Sie den Killer?«

»Da können Sie drauf wetten«, sagte Kappl, und er meinte es bitterernst.

Kappl brachte Deininger auf den neuesten Stand. Der zückte ohne Kommentar zwei DNA-Spurenträger, Kappl nickte in Richtung Bader Juweliere.

»Sie bringen den Schlüssel?«, erkundigte sich Susanne

Bader in dem gleichen verbindlichen Ton, als würde sie die Kommissare nach ihrer bevorzugten Uhrenmarke fragen.

»Wo ist Ihr Gatte?«, erwiderte Deininger, und seine Stimme klang frostig.

»Die Treppe runter.« Sie zeigte nach hinten. Wie Wachspapier, so erschien sie Kappl. Durchsichtig und doch irgendwie undurchdringlich. Wie Wasser perlten Gefühle an ihr ab.

Sie stiegen die Treppe hinab und wechselten von der Welt der Juwelen in die Welt des Schweißes. Bader hatte sich umgezogen, schnürte gerade seine Laufschuhe. Der Raum war zugepflastert mit Startnummern, offensichtlich von Marathonläufen. Bilder zeigten einen Alain Bader, zehn Jahre jünger und ebenso viele Kilos leichter, schwitzend auf der Zielgeraden. Von der war er eindeutig abgekommen. Pokale bevölkerten billige Wandregale. Körpergeruch lag in der Luft, ein Geruch, den man irgendwann nicht mehr aus einem Raum herausbekam. Derselbe Geruch wie in der Umkleide des Polizeisportvereins oder dem Mannschaftsraum einer Einsatzhundertschaft.

»Wir müssen eine DNA-Probe von Ihnen nehmen. Hier und jetzt freiwillig oder in zehn Minuten auf dem Präsidium.«

Kappl zückte die Wattestäbchen, Bader öffnete den Mund und ließ die Prozedur über sich ergehen.

»Das mit dem Wagen war ja schon eine Zumutung, aber warum jetzt auch noch das? Und meine Zähne gehen Sie überhaupt nichts an!«

»Weil Sie uns angelogen haben, Herr Bader.«

Bader fixierte Kappl kurz, dann machte er einfach weiter.

»Sie kannten Frau Schaller näher«, warf ihm Deininger hin. »Sie haben ihr vor ein paar Wochen eine Ersatzkarte für den Parkplatz ausstellen lassen.«

Bader zeigte Überraschung, die so schlecht gespielt war,

dass er sich die anschließenden Worte hätte sparen können. Kappl glaubte dem Mann keine Silbe.

»Ach, das war die Frau Schaller?« Baders Mundwinkel zuckten. »Was glauben Sie, wie viele Gesichter ich täglich sehe!«

Kappl fand Gefallen an dem Katz-und-Maus-Spiel. »Warum haben Sie damals die Ersatzkarte ausstellen lassen?«

Bader gab den Nachdenklichen. »Ich glaube, sie hat gesagt, sie wäre bei uns im Geschäft gewesen. Man hilft der Kundschaft.«

Kappl gab der Ausrede eine Eins plus und grinste Bader an.

»Worauf wollen Sie hinaus? Ich lasse mich von Ihnen in nichts reinziehen«, entgegnete der scharf.

Kappl winkte mit den Stäbchen. »Deswegen machen wir ja die DNA-Tests. Die Kripo ist verpflichtet, auch entlastende Beweise zu sammeln, was allgemein leider nicht zur Kenntnis genommen wird.«

Deininger fischte ein Prospekt von einem wackeligen Tischchen und las: »›Bader-Distance-Running. Trainingskurse für Marathon und Marathonreisen‹. Ist das so 'ne Art zweites Standbein?«

Bader wirkte wie ertappt. »Sozusagen.« Er kaute das Wort förmlich und schluckte es dann hinunter. Kappl konnte die Reaktion nicht deuten.

»Ja«, spuckte Bader aus. »War's das?«

Kappl und Deininger nickten synchron, Bader schoss fast an ihnen vorbei, so eilig hatte er es, wegzukommen.

»Laufen Sie eigentlich auch selber so richtig Marathon?«, rief ihm Deininger hinterher.

Bader blieb auf der Treppe stehen, drehte sich um, nichts als Hohn im Gesicht. »Sie können ja mal gegen mich antreten.«

Die Kommissare folgten Bader, verabschiedeten sich, im Gegensatz zu ihrem Gatten, von Susanne Bader, die im Büro über Rechnungen gebeugt saß und nur kurz aufsah. Die Sorgen standen so deutlich in ihrem Gesicht, dass Kappl den Impuls spürte, zu ihr zu gehen und ihr Mut zu machen.

Sie traten in den Sommertag hinaus, Deininger reckte sich, sein Handy gab Laut. Er lauschte, nickte ein paarmal.

»Gehe Se wieder zurück an Ihre Arbeit. Nee, mache Se sich mal keine Sorge, des bleibt unner uns. Tschüssi!«

Kappl hatte nur die Hälfte verstanden.

»War das Kisuaheli?«

Deininger zuckte nicht mit der Wimper.

»Nein, das war die Sachbearbeiterin von den Baders bei der Bank, und die sagt, dass die Baders jahrelang gerackert haben wie verrückt, aber inzwischen finanziell mit dem Rücken zur Wand stehen. Jeden Monat müssen sie zur Bank und alle Zahlen vorlegen.«

»Und woher kennen Sie die Dame?«

»Die sitzt im Elternbeirat mit dem Jordan seiner Frau. Die hat das dem Jordan beim Frühstück erzählt, und der hat mir die Nummer gegeben. Ist doch klar.«

»Klar.« Kappl war die Spucke weggeblieben. »Kennen Sie niemanden, den Sie mal schnell anrufen und fragen können, wer der Mörder ist?«

»Das ist das geringste Problem. Mindestens zweiunddreißig, nur in Saarbrücken.«

Sie bogen auf den St. Johanner Markt ein, Menschen flanierten, unterhielten sich, tratschten, quatschten, tranken Kaffee, kauften Dinge, die sie gar nicht brauchten. Kappl musste aufpassen, dass er nicht melancholisch wurde und seinem Weltschmerz verfiel. Sie verabredeten sich in einer Stunde in der Rockfabrik. Bis dahin mussten Jordan und seine Leute eigentlich fertig sein.

Kappl fuhr zurück zum Präsidium und führte einige Gespräche. Mit der Personalabteilung, mit Gerda Braun, mit Ben, und schließlich rief er Jordan an. Er hatte gehofft, dass er alle davon überzeugen konnte, und es war ihm gelungen: Die Tage des Kriminaloberkommissars Stefan Deininger waren gezählt. Tja, wenn sich das Personalkarussell zu drehen begann, dann wurde so mancher schwach.

Zufrieden fuhr er zum Ilseplatz, setzte sich an eine der Biergarnituren, die im Freien unter Linden standen, bestellte ein Weizen und eine Haxe, ließ es sich schmecken und fühlte sich für eine halbe Stunde wie ein ganz normaler Mensch.

***

Horst Jordan war mit voller Mannschaft angerückt, hatte niemanden vorgefunden, Charlies Chopper war weg gewesen, alle Türen hatten offen gestanden, also hatten sie einfach mal angefangen.

Kappl und Deininger kamen gleichzeitig an, Kappl ließ dem erstaunten Kollegen den Vortritt. Sie fanden Jordan in Charlies Plattenladen. Kappl hoffte, dass der Spusi-Chef sich nichts anmerken ließ. Sie wechselten einen kurzen Blick, Jordan hielt Deininger einen Hefter hin, Deininger verzog das Gesicht, zeigte auf Kappl. Gut. Hierarchie geklärt. Und Jordan hatte es genau richtig gemacht.

»Das habe ich in der Schublade da gefunden. Ich hab zwar keine Ahnung, was das sein soll, aber das ist die Handschrift von der Kathi.«

Charlies Chopper dröhnte heran, keine Minute später kam der Hausherr hereingeschneit. Er schaute sich um, breitete die Hände aus.

»Hey, ja. Natürlich. Fühlt euch einfach wie zu Hause.«

Kappl blätterte in dem Hefter und musterte die Zahlenkolonnen, die Berechnungen. »Wir haben eine richterliche Durchsuchungsanordnung«, sagte er, ohne aufzusehen.

»Na ja, dann macht auf jeden Fall mal die Schweinerei weg, bevor ihr abhaut. Es ist mein Recht, dass ihr hier keinen Saustall hinterlasst.«

Jordan verdrehte die Augen und fischte den Durchsuchungsbeschluss aus seinem Koffer, in dem es aussah, als hätten sich zwanzig Hooligans darin eine Schlacht geliefert.

»Das ist nicht ihr Recht, sondern ein weit verbreiteter Irrtum. Wir dürfen nur nichts kaputt machen. Vorerst.«

Charlie Wax ergab sich und wollte sich verziehen, aber Kappl hielt ihn zurück, schob ihm den Hefter unter die Nase.

»Sag mal, Charlie, kannst du uns erklären, was das hier ist?«

Wax nahm den Hefter, schlug ihn auf, blätterte. »Keine Ahnung. Irgendwelche Rechnereien.« Ein Blatt schaute er sich etwas genauer an. »Von Kathi.«

Deininger platzte der Kragen. »Erzähl doch keinen Scheiß, du weißt doch genau, was das ist!«, brüllte er.

Charlies Miene verlor jegliche Regung. »Komm mir bloß nicht so«, sagte er tonlos und war verschwunden.

Das war ein Griff ins Klo, und Deininger wusste es. Kappl verzichtete auf eine Gardinenpredigt. Sie verbrachten noch einige Stunden mit dem Sichten von Charlies Papierbergen, aber die gaben nichts her. Rechnungen, Rechnungen, Mahnungen, Rechungen, Androhung der Vollstreckung. Nichts, was nicht schon bekannt gewesen wäre. Sie fanden nichts weiter, und genau das machte Kappl nachdenklich. Keine persönlichen Briefe. Auch auf dem Rechner nichts. Wenn Charlie mal eine E-Mail schrieb, dann nur im Geschäftston. Um einen Termin zu vereinbaren oder abzusagen. Um etwas zu bestellen. Sonst nichts.

Gegen neun Uhr am Abend waren sie fertig. Jordan hatte angeordnet, die gröbste Unordnung zu beseitigen, und Kappl hatte nur gegrinst. Charlie hatte sich schon längst wieder auf seinem Chopper verabschiedet.

Sie löschten das Licht, zogen die Tür hinter sich zu, gingen ihrer Wege. Deininger hatte gesagt, er wolle sich einen gemütlichen Abend machen. Kappl war sich sicher, dass das Gemütliche darin bestand, noch ein oder zwei Dutzend Leute zu befragen, die jemanden kannten, der jemanden kannte. Nicht ganz korrekt, aber wenn es Ergebnisse brachte, war es ihm recht. Ein Mord war ein Mord, und da mussten die Regeln großzügig ausgelegt werden. Er hatte sich mit Deininger für den nächsten Morgen am Leinpfad verabredet. An einer Stelle, an die man mit dem Wagen hinkam. An einer Stelle, an der Alain Bader jeden Morgen vorbeikam, wenn er trainierte. Kappl konnte beruhigt ins Bett gehen. Er hatte das MEK auf die Baders und Charlie angesetzt. Sie würden die nächsten Tage keinen Schritt ohne Schutzengel machen.

Kappl hätte ins Kino gehen können. Oder ins Theater. Oder in ein Konzert. Aber er setzte sich in sein Büro, studierte den Inhalt des Hefters, den Jordan bei Charlie gefunden hatte, und kam schnell zu dem Schluss, dass er eine Spur in Händen hielt, die nicht kalt werden durfte. Er schnappte sich seine Lederjacke und zog los.

***

Deininger war in die Altstadt gefahren, hatte den Wagen auf dem Parkplatz an der Treppe zum Schloss abgestellt und fleißig telefoniert. Endlich hatte er den Namen und den Ort.

Er fuhr nach Dillingen, parkte auf dem Odilienplatz, eine der Bausünden, die er nie würde verstehen können. Die

Odilienschenke lag rechts, die Häuser hatten den Charme von modernen Gefängnisbauten. Die Schenke gutbürgerlich zu nennen war fast ein Kompliment, im Keller gab es zwei Kegelbahnen. An einer fand Stefan die Frau, die er gesucht hatte. Trotz Vernebelung durch Kettenraucher. Das Geschrei der acht Frauen fuhr ihm in die Knochen.

Er tippte ihr auf die Schulter. »Du bist doch die Vera, die Schwester von der Marie Wetter?«

Vera nickte verdutzt. »Ja?«

»Ich bin ein Freund vom Peter Rau aus Saarlouis.«

Ihr Gesicht hellte sich auf. »Ja klar, du bist der Stefan, gell? Ei hör mo, das war doch die Geburtstagsfeier im Alte Gimpel. Uiuiui, das war was. Du warst doch bei der Polizei?«

»Ja, bin ich immer noch. Ich hätte ein paar Fragen. Hast du einen Moment Zeit?«

Er führte Vera ein Stück nach hinten, wo der Qualm nicht ganz so dicht und der Lärm nicht ganz so verstörend war.

»Du putzt doch bei den Baders? Bei den Juwelier-Baders. Wie sind die denn so?«

»Also, das sind feine Leute. Da gibt es gar nichts.« Sie überlegte einen Moment, und Deininger wunderte sich, erinnerte sich, dass er eine Zeit lang in die schöne Vera verknallt gewesen war. Sie sah immer noch gut aus, obwohl sie mindestens zehn Jahre älter war als er selbst. Bevor er nur »Piep« sagen konnte, hatte sie ihm ein anderer vor der Nase weggeschnappt. So einer wie der Kappl. Rücksichtslos. Ohne Feingefühl.

»Aber die können sich keine Putzfrau mehr leisten. Die Bader hat mir richtig leidgetan, als sie versucht hat, mir das zu erklären.«

»Und er? Was ist mit seiner Lauferei? Hat er überhaupt noch Zeit fürs Geschäft?«

»Nee. Also da hat sie sich auch öfters drüber beschwert bei ihm. Dass er aufgehört hat, fürs Geschäft zu kämpfen.«

»Und wie ist die Ehe sonst so? Man kann ja ums Geld streiten, und ansonsten hat man sich gerne.«

»Also sie hängt unheimlich an ihm. Er stellt ja immer noch was dar.«

»Ja, klar.« Deininger neigte den Kopf. »Hat der eigentlich ...«, er zögerte kurz, »... hat der Weibergeschichten?«

Vera winkte ab. »Ach!«, stieß sie aus. »Der kennt doch nur seine Lauferei.«

Geschrei brach los, dass es Stefan fast die Trommelfelle zerriss. Eine der Frauen hatte alle Neune geworfen und wurde gefeiert wie die Gewinnerin von »Germany's Next Topmodel«.

Vera wurde neugierig. »Sag mal. Warum fragst du nach der Bader? Gibt's da was Polizeiliches?«

Eine der Kegelfrauen ersparte es Deininger, Vera eine Lüge aufzutischen. Sie zupfte sie am Ärmel und nickte Richtung Kegelbahn.

»Du bist an der Reihe!«

Vera lachte. »Au! Jetzt muss ich unsere Ehre verteidigen.« Sie musterte Deininger, dem Übles schwante. »Nee! Stefan, mach du mal.«

Halbherzig wehrte er sich, aber die Mädels ließen ihm keine Chance. Unter Applaus ging er nach vorne, packte sich eine Kugel, visierte, nahm Anlauf und ließ das Geschoss auf die Bahn krachen. Die Kugel schlingerte ein wenig, drohte ins Aus zu gehen, besann sich und räumte sieben Kegel ab. Deininger drehte sich zu den Frauen, rammte sein Arme in Siegerpose zur Decke und wurde vom Applaus bis hinauf begleitet.

Er schaltete sein Handy aus, spazierte noch ein paar Minuten durch die trostlose Fußgängerzone, um wenigstens ein wenig von dem Nikotingestank aus seinen Kleidern zu vertreiben. Bader, der Saubermann? Deininger konnte das nicht glauben. Hinter Baders öliger Fassade kochte es. Es war nur eine Frage der Zeit, wann er zusammenbrechen würde. Dass er Dreck am Stecken hatte, das roch Deininger zehn Kilometer gegen den Wind. Wax, Bader – Bader, Wax. Zu gerne hätte er beiden den Mord an Kathi nachgewiesen. Beide mochte er nicht. Natürlich hatte Kappl recht. Er, Stefan Deininger, abgebrochener KHK, war emotional stark belastet. Und er ließ es raus, wenn es nötig war. Kappl würde irgendwann einfach platzen vor angestauten Abneigungen, vor lauter politischer Korrektheit. So ein Fuppes! Ohne Gefühle war man doch tot. Klar durfte einem das nicht die Sicht auf die Fakten verbauen. Aber manchmal musste es krachen, und dann war es auch irgendwann wieder gut. Nur bei Kappl, da würde es nie wieder gut sein.

***

Es war kein Problem für Kappl, die Rockfabrik wiederzufinden. Der Parkplatz war verlassen, aber Charlies Chopper stand auf seinem Platz, fahles Licht fiel durch die staubbeschichteten Scheiben des Plattenladens, Musik war zu hören.

Einen Moment zögerte Kappl, dann wählte er die Nummer von Stefan Deininger. »Der Teilnehmer ist vorübergehend nicht erreichbar«, meldete eine Computerstimme. Nicht einmal die Mailbox. Gut, er hatte seine Schuldigkeit getan. Er stieg aus und musterte die Schallplatte, die ihm mit gelben Lettern mitteilte, dass der Laden geschlossen sei. Das störte Kappl nicht. Er klopfte an die Scheibe, hinter der Charlie gerade Platten einsortierte. Der hob nur den Kopf, erschrak nicht, als er Kappl erkannte. Auf sein Zeichen, Charlie möge doch aufsperren, reagierte er mit Daumen nach unten. Sehr charmant. Also die nächste Stufe.

Kappl hielt einen Zettel an die Scheibe: »Ich brauche ›First time alone‹.«

Charlie schüttelte den Kopf. »Sing es einfach selber!«, rief er durch die Scheibe und wandte sich dann wieder seinen Platten zu.

Kappl tauchte ab, untersuchte das Gebäude und fand schnell eine Stelle, an der er einbrechen konnte. Nichts anderes war es. Franz Kappl, der Streber, machte einen, wenn auch erzwungenen, Alleingang, verletzte vier oder fünf Paragraphen der Strafprozessordnung, des Strafgesetzbuchs und des Bürgerlichen Gesetzbuchs. Fein. Das fühlte sich gar nicht mal so schlecht an. Er kletterte durch ein offenes Fenster, saute sich mit feinem weißem Staub ein und platzte mit einer korrekten, respektvollen Begrüßung in Charlies Laden.

»Guten Abend, Herr Wax.« Kappl klopfte sich verbindlich lächelnd den Staub von der Jeans.

Charlie stürmte auf ihn zu. »Ey!«, brüllte er. »Das ist Hausfriedensbruch!«

Kappl blieb locker. »Ich brauche ›First time alone‹«, sagte er und hielt Charlie den Zettel hin.

Charlie schien zu überlegen, ob er ihn rausschmeißen, umbringen oder ignorieren sollte, und entschied sich für aggressiv ignorieren, indem er sich halb abwandte und grimmig dreinschaute.

»Hast du auch ›Long gone Midnight and my Lady won't come‹«?, fragte Kappl, als stünden sie in einer Kneipe und unterhielten sich wie alte Freunde.

»Bulle!«, warf ihm Charlie vor die Füße. »Ich lass mich nicht von dir einwickeln.«

»Das Lied ist auch auf der DVD drauf, die wir mitgenommen haben.« Kappl blieb beim Plauderton.

Charlie zog Luft, stützte sich auf einer Plattenkiste ab und schwieg.

Kappl hatte genug. Er machte Charlie ein Angebot.

»Wir können hier weiter Räuber und Gendarm spielen und uns gegenseitig ein Bein stellen. Oder wir versuchen, den Mörder der Frau zu finden, die du geliebt hast.«

Charlie platzte fast, seine Hände rissen beinahe die Kiste auseinander. »Mann, ich bin vorbestraft, ich hab keine Kohle, ich war mit der Frau zusammen. Für euch Bullen ist das doch ganz easy: Charlie Wax ist der Mörder!«

»Ich hab den Täter erst, wenn ich ihm alles zweifelsfrei nachweisen kann. Scheißegal, wer es ist.«

Kappl ließ den Satz in der Luft hängen wie ein Spinnennetz. Charlie nickte.

»Was sind das für Listen, die Kathi da angelegt hat?« Kappl drückte ihm die Kopien in Hand und ließ ihm Zeit.

»Träume.« Stockend kam die Antwort, voll Trauer. »Nichts als Träume.«

»Ja, so sieht's aus«, sagte Kappl. »Eine große Tournee! Eine Band mit guten Musikern aus ganz Deutschland! Namen, Handynummern, Studioadressen. Ich hab das Ganze mal zusammengerechnet. Da wären Kosten von über hundertvierzigtausend Euro angefallen.« Kappl machte eine Pause. Starrte Charlie an, der an seiner Plattenkiste stand wie der Büßer vor dem Altar.

»Woher wolltet ihr denn das Geld dazu nehmen?«, zischte Kappl.

»Du kennst doch Kathi …«

»Nein, ich bin neu hier.«

»Wir haben nur so rumgesponnen.«

»Das hier sind konkrete Pläne!«, setzte Kappl nach.

Charlie wurde wieder laut. »Dazu hätten wir nie die Kohle gehabt, verdammt. Mann! Kathi mit ihrem mickrigen Bullengehalt. Und ich? Der Laden hier, guck dich doch mal um! Ich-AG und auch schon wieder am Absemmeln.«

»Ich hab bei ein paar von den Leuten angerufen. Kathi

hat sich nach Preisen und Konditionen erkundigt. Und du hast doch sicher auch schon mit ein paar Musikern gesprochen.«

»Gesprochen wär zu viel gesagt«, Charlie senkte seine Stimme, »ich hab halt mal so rumgefragt. Aber nur Kathi zuliebe.« Er drehte ein Plattencover in der Hand.

Kappl glaubte ihm kein Wort. »Nur mal so spaßeshalber: Hattet ihr irgendeinen Deal laufen, bei dem so um die hundertvierzigtausend Euro rausgesprungen wären?«

Charlie schnalzte mit der Zunge. »Noch nicht mal zwanzig.« Er presste die Lippen aufeinander.

Kappls Blick fiel auf die Platte, die Charlie in der Hand hielt wie einen Rettungsring. Die Platte, die Kappl unbedingt haben wollte.

»Was kostet die jetzt?

»Nicht verkäuflich!« Charlie steckte sie in eine der Kisten zurück.

»Und jetzt ist es Zeit. Sonst komme ich vielleicht noch auf die Idee, dich anzuzeigen, Bulle.« Er baute sich vor Kappl auf und starrte ihm in die Augen. Kappl legte es nicht darauf an, bedankte sich höflich und machte sich auf den Weg. Er war auf der richtigen Spur. Irgendetwas hatten die beiden am Laufen gehabt, und was es auch gewesen sein mochte, es war für Kathi tödlich gewesen.

Für die angebrochene Nacht hatte Kappl sich etwas Besonderes ausgedacht. Er fuhr ein Stück aus der Stadt hinaus, parkte im Wald. Weit und breit kein Haus, kein Mensch und bald sicherlich auch kein anderes fühlendes Wesen mehr. Er packte seine Tuba aus, einen Klapphocker, setzte an und erfreute die Geister der Nacht mit echt bayerischer Blasmusik.

VIER

Kappl wachte auf. Das Handy. Er schaute sich um und erinnerte sich. Das Heim für einsame Polizisten. Die Tuba. Die Streife, die ihn schon hatte mitnehmen wollen. Wie hätte er in der Dunkelheit auch sehen sollen, dass hinter dem Wäldchen ein Altersheim lag? Er hatte noch keine zwanzig Takte gespielt gehabt, da waren die Kollegen schon angerückt. Zwei Fahrzeuge! Immerhin waren sie halbwegs freundlich gewesen. Als er ihnen seinen Dienstausweis gezeigt hatte, waren sie rot angelaufen und hatten rumgestottert, das hätten sie ja beim besten Willen nicht wissen können. Und dass er trotzdem hier nicht Tuba spielen könne. Mein Gott. Dass hier alle Leute immer gleich rot anlaufen mussten! Wie in einer pubertierenden Realschulklasse. Er hatte sein Instrument weggepackt, mit den Kollegen noch ein wenig geplaudert und war dann direkt ins Bett gegangen. Und jetzt gab sein Handy einfach nicht klein bei. Er versuchte die Uhrzeit zu entziffern, aber er musste sich erst den Schlaf aus den Augen reiben. Sechs Uhr dreißig. Deiningers Nummer. Kappl stellte die Verbindung her.

»Herr Kappl, was ist denn los? Liegen Sie im Koma?«

»Noch nicht, aber bald. Was gibt's?«

»Der Horst hat die ganze Nacht durchgearbeitet. Unglaublich.«

»Ja und? Hat er was rausgefunden?«

»Und ob er das hat.« Deininger gluckste vor Freude. »Und ich weiß, wo der Bader sich jetzt gerade die Füße wund läuft.«

»Und ich nehme an, genau da fahren wir jetzt hin.«

»Herr Kappl. So langsam krieg ich echt Respekt vor Ihnen. Detektivische Meisterleistung.«

Kappl zögerte einen Moment, dann sprang er von der ultraharten Matratze, riss den Vorhang zur Seite und hatte nichts als eine dünne Glasscheibe zwischen sich und Deiningers grinsender Visage.

»Sie werden immer besser. In einer Minute fahre ich.« Deininger drehte sich um und ging zum Auto.

Kappl sprang in seine Kleider von gestern, ekelte sich einen Moment, zuckte dann die Achseln und sprintete zum Wagen.

Deininger warf einen Blick auf die Uhr, setzte den Weihnachtsbaumschmuck aufs Dach und ließ die Reifen beim Start durchdrehen.

Kappl erkannte den Weg.

Sie fuhren zum Staden, die gleichnamige Straße grenzte dort direkt an den Grünstreifen zwischen Saar und Stadt. Deininger flog fast aus dem Auto, Kappl nichts wie hinterher.

Bader kam angetrabt, ganz in seinen Sport vertieft, er trug ein Pulsmessgerät, das er misstrauisch beobachtete, als fürchte er, jeden Moment von einem Herzinfarkt hinweggerafft zu werden.

Kappl verstellte ihm den Weg, Bader zuckte zusammen. »Kleinen Moment, Herr Bader.«

Der Marathonmann stoppte, lief auf der Stelle. »Was ist jetzt schon wieder? Ich werde total kalt.«

»Die Leiche von Frau Schaller hatte Faserspuren von Ihren Autositzen im Haar und im Nacken.«

»Mein Gott, ich habe die Dame am Freitag kurz mitgenommen. Sie wollte sich gleich bei meinem Freund bedanken.« Bader starrte auf seinen Pulsmesser.

»Dann sagen Sie uns endlich, wie Ihr Freund heißt.«

Bader hörte auf zu zappeln. »Mein Anwalt sagt, ich bin bei der Polizei zu keiner Aussage über meine Kundschaft verpflichtet.« Sein Ton wechselte zu dem eines nörgelnden Kleinkinds. »Ich werde wirklich kalt.«

Deininger hob die Augenbrauen. »Dem Parkplatzwächter war da noch was eingefallen. Sie haben am Tattag mit Ihrer Frau auf dem Parkplatz gestritten. Es ging dabei wohl um einen Koffer?«

»Ja. Ich hatte das Wechselgeld fürs Geschäft in einen Aktenkoffer gepackt. Beim Bremsen ist er vom Rücksitz unter den Vordersitz geflogen. Als wir ihn nicht gleich gefunden haben, ist meine Frau völlig ...«, Bader verschluckte den Rest des Satzes, korrigierte sich schnell, »war meine Frau sehr beunruhigt. Als wir dann noch mal geschaut haben, lag er da.«

»Warum sind Sie dann mit quietschenden Reifen weggefahren?«, bohrte Kappl weiter.

Bader fing wieder an, auf der Stelle zu zappeln. »Weil ich genervt war!« Er schien jetzt kurz davor, die Beherrschung zu verlieren, aber Kappl hatte sich zu früh gefreut. »Geht Ihnen das mit Ihrer Frau nicht auch gelegentlich so?«

»Wir sind beide unverheiratet«, sagte Deininger trocken.

Bader schnaubte, schenkte beiden einen giftigen Blick und nahm seinen Lauf wieder auf.

Die Kommissare sahen ihm hinterher. Kappl sprach aus, was beide dachten: »Dem glaube ich noch nicht mal, wenn er mir die Uhrzeit sagt.«

»Ach so, bevor ich es vergesse«, Deininger hatte wieder sein Pokerface aufgesetzt, »wir sollen nach Homburg kommen. Rhea hat was für uns. Aber sie wollte es nicht am Telefon sagen.« Er blickte stur an Kappl vorbei.

»Okay«, sagte der, kam Deininger zuvor und klemmte sich hinters Lenkrad. Die Hitzewallung, die der Name Rhea ausgelöst hatte, ebbte langsam ab. Er fuhr auf die Autobahn, drückte das Gaspedal durch. Deininger war das gleichgültig. Na warte, sagte sich Kappl. Dich krieg ich auch noch.

***

Sie war wirklich eine verflucht schöne Frau. Kappl hielt Rhea seine Hand hin, sie strahlte über das ganze Gesicht, nahm die Hand und hielt sie einen Moment zu lange. Dann grüßte sie Deininger, der nur grunzte, griff sich ein Klemmbrett, schaute kurz darauf.

»Kathi hat vor ihrem Tod mit zwei Männern geschlafen.«

Deininger drehte den Kopf zur Seite und stöhnte.

»Mit Charlie und Bader?«, fragte Kappl.

Rhea litt mit Deininger, das stand ihr auf die Stirn geschrieben. Schnell wurde sie sachlich. »Bader behauptet also, Kathi sei am Freitag in seinem Wagen gewesen? Das ist nicht möglich, wahrscheinlich war sie erst am Todestag in seinem Auto. Die genauere Analyse hat ergeben, dass die Fasern im Nackenbereich schon nach dem ersten Duschen fast vollständig ausgespült gewesen wären.«

Kappl begann laut zu denken. »Morgens duscht sie, dann war sie im Dienst. Also muss sie mit Bader im Auto geschlafen haben, nachdem sie das Präsidium verlassen hat. Und davor oder danach mit Charlie.« Auch für ihn war diese Erkenntnis nicht leicht zu schlucken.

»Langsam fange ich an, diese Frau zu hassen.« Deininger ließ den Kopf hängen.

Und wieder ritt Kappl ein kleines Teufelchen. »Zu viel Emotionen?« Er entschied sofort, jede Reaktion seines Kollegen klaglos hinzunehmen.

»Leck mich doch!«, sagte Deininger fast gelassen und verließ den Raum.

»Sind alle Bayern solche Holzköpfe?« Rhea hielt das

Klemmbrett vor sich wie einen Schild. Ihr Engelsgesicht hatte seine Güte verloren.

Kappl schnappte nach Luft wie ein Fisch auf dem Trockenen. Ihm fiel nichts dazu ein. Sie hatte ihn voll erwischt, mitten in die Stirn. Er nickte ihr zu, rannte Deininger hinterher, erreichte ihn am Parkplatz.

»Hey!«, rief Kappl. »Stehen bleiben. Polizei.«

Deininger wirbelte herum, blanke Mordlust in den Augen, Kappl hob die Hände.

»Entschuldigung.«

Deininger beruhigte sich augenblicklich. Als hätte man den Stecker herausgezogen oder eine hohe Dosis Beruhigungsmittel gespritzt.

»Verstehen Sie mich nicht falsch. Ich will mich nicht anbiedern. Aber das gerade, das war nicht richtig von mir. Okay?«

Deininger holte einmal tief Luft und nickte. »Wer fährt?«

Kappl warf ihm die Schlüssel zu.

Sie fuhren los, Deininger hatte es nicht eilig.

»Wollen Sie mal zusammenfassen, Chef?«

»Ja. Gerne. Nummer eins: Charlie Wax. Vorbestraft, ziemlicher Loser und zumindest nach außen ein Gefühlskrüppel. Er wittert mit Kathi die Chance seines Lebens. Aber die bändelt mit dem vermeintlich reichen Juwelier an. Wax kriegt das mit. Und schon ist es passiert. Die Waffe lässt er in der Saar verschwinden.«

»Passt.«

»Nummer zwei: Alain Bader. Marathonmann, Adrenalinjunkie, kurz vor dem Ruin, aber er schenkt Kathi Schaller einen Ring für fast zehntausend Euro. Nach außen der Biedermann, aber er vergnügt sich mit Kathi auf den Sitzen seines Wagens. Seine Frau ist so prickelnd wie abgestandene Limonade, Bader erlebt seinen …«

»Sechsten«, warf Deininger dazwischen.

»Mindestens. Baders sechster Frühling. Sie erpresst ihn, er löst das Problem auf seine Art.«

»Zwei astreine Verdächtige.«

»Aber nicht den Schimmer eines Beweises.« Kappl schlug mit der Faust gegen die Tür. »Wo ist der Fehler?«

»Hoffen wir, dass der Täter die gleichen Bücher gelesen hat wie Sie, Herr Kappl.« Deininger grinste.

Kappl wollte gerade eine deftige Antwort geben, als das Funkgerät losplärrte.

»Hier Zentrale für K1-4.«

Kappl nahm den Hörer. »Hier K1-4 für Zentrale.«

»Wir haben ein Problem. Ihr müsst Bader übernehmen. Dem MEK sind zwei Wagen ausgefallen. Bader ist ganz in eurer Nähe. Er fährt auf der Viktoriastraße.«

»Das trifft sich gut. Wir haben mit Bader sowieso ein Hühnchen zu rupfen. Wir waren gerade unterwegs zu ihm. Das MEK kann sich entspannen. Wir übernehmen und melden uns, wenn was ist. K1-4 Ende.«

Deininger zeigte nach vorne. »Da isser ja schon.« Er kniff die Augen zusammen. »Der fährt doch dem Franzosen da hinterher.«

Kappl schaltete die Funkortung ein. Bader hatte seit zwei Tagen einen ständigen Begleiter, der das MEK davon unterrichtete, wo sich das Fahrzeug des Goldschmieds gerade befand.

Das Gerät erfasste Bader sofort.

»Ich lass mich mal ein Stück zurückfallen, okay?«

Kappl nickte. »Jetzt wird die Sache spannend.«

Sie fuhren am Bahnhof vorbei, dann Richtung Rastpfuhl, bogen auf die Moselstraße, die Besiedlung wurde immer dünner.

»Da geht's zum Waldweiher Burbach. Die hecken doch was aus!«

Da konnte Kappl nicht widersprechen. Und er musste

Deininger zugestehen, dass er die Verfolgung professionell durchzog. Nicht zu weit weg und nicht zu nah dran. Jetzt aber mussten sie aufschließen, denn Baders Wagen hatte angehalten.

»Das ist der Wanderparkplatz. Ich kenne eine Stelle, da sieht uns niemand. Das geht natürlich nur im Sommer, wenn die Bäume grün sind und das Gebüsch dicht. Es sieht zwar so aus, als müssten die uns sehen können, aber die sehen nur den Waldsaum, die grüne Hölle.«

Bader stand vor seinem Wagen, zwei Männer bei ihm. Einer der Männer stieß Bader vor die Brust, dass er gegen sein Auto fiel.

»Ups!«, sagte Kappl.

Der Mann packte Bader am Revers und verpasste ihm einen Faustschlag in die Magengrube. Bader schrie auf und sackte sofort zusammen. Die Franzosen stiegen in ihren Wagen und rasten davon.

»Los!«

Das ließ sich Deininger nicht zweimal sagen. Waldboden spritzte, als er den Wagen nach vorne schießen ließ, mit rauchenden Reifen kam er neben Baders Auto zum Stehen. Er ordnete eine Ringfahndung an, Kappl kniete sich neben Bader, der noch gar nicht mitbekommen hatte, dass er erneut Besuch bekommen hatte.

Kappl war auf hundertachtzig. »Guten Tag, Herr Bader!« Sein Ton ließ keinen Zweifel daran, dass er Bader am liebsten auch eine verpasst hätte. Bader hustete nur. »Wer waren die Männer?«

Bader versuchte sich hochzurappeln. »Keine Ahnung«, keuchte er.

Kappl zerrte ihn auf die Beine. »Verarschen Sie mich nicht! Sie sind dem französischen Wagen bis hierher nachgefahren. Was haben Sie mit denen am Laufen?«

Bader krümmte sich, er musste Schmerzen haben, und

ihm war mit Sicherheit schlecht. Kappl drückte seine Schulter gegen die Fahrertür.

»Wer waren die Männer?« Er wurde laut.

»Ich weiß es nicht. Ich wollte eine neue Trainingsstrecke im Auto kilometermäßig abmessen ...«

Deininger fiel ihm ins Wort. »Etwa mit Schlips und Kragen?«

»Meinen Sie, ich ziehe mich dafür extra um? – Und plötzlich, wie aus heiterem Himmel ...«

Kappl schlug mit der flachen Hand aufs Autodach und schrie, dass Bader zusammenzuckte: »Jetzt reicht's mir! Sie stecken finanziell in der Klemme, trotzdem schenken Sie Kathi Schaller einen Ring, der ein Vermögen wert ist. Und in diesem Wagen haben Sie mit ihr geschlafen, kurz bevor sie erschossen wurde.«

Bader ließ seinen Kopf hin und her fliegen wie ein trotziges Kind. Er wollte es nicht wahrhaben. »Was, was, was ...?«

Deininger landete den nächsten Treffer. »Herr Bader! Wir können nachweisen, dass Sie mit dem Mordopfer intimen Kontakt hatten.«

Bader wehrte sich immer noch. Zappelte in der Falle, versuchte loszukommen. Kappl setzte den Fangschuss.

»Sie erinnern sich doch: DNA! Faserspuren! Dagegen können Sie nicht mehr anlügen.«

Bader fing an zu flennen, flehte die Kommissare an. »Ich hab sie nicht umgebracht.« Er rang nach Fassung. »Das müssen Sie mir glauben!«

Kappl und Deininger verzogen keine Miene. Es war immer das Gleiche. »Sie müssen mir glauben«, jammerten alle irgendwann. Sie mussten überhaupt nichts.

Bader wand sich. »Ich habe Kathi kurz vor ihrem Tod sogar noch gesagt, dass ich meine Frau wegen ihr verlassen werde.«

Deininger machte wie ein Inquisitor weiter. »Und Kathi?«

»Sie war voller Pläne, voller Träume.«

»Schon wieder Träume?«, sagte Kappl verächtlich. »Und nie mehr Rotary? Nie mehr Bader Juweliere?«

»Das Geschäft steht vor dem Konkurs, und im Club bemitleiden mich alle. Aber die Sportgeschäfte laufen gut. Kathi wollte mit mir in eine Wohnung in der Stadt ziehen und bei mir einsteigen. Kathi mit ihrem Organisationstalent und ich, wir waren das optimale Team. Wären es gewesen.« Seine Stimme brach, er wandte sich ab und weinte.

Kappl legte seine Hand auf die Schulter des Juweliers, der eigentlich Marathonmann sein wollte und geträumt hatte von der ewigen Jugend mit einer schönen Venus an seiner Seite und vor allem in seinem Bett. Altherrenträume. Ob er auch mal so sein würde? Aber das stand hier nicht zur Debatte.

»Und jetzt ist sie tot.« Baders tränenerstickte Stimme rührte die Kommissare nicht wirklich.

»Wissen Sie, Herr Bader, ich glaube Ihnen sogar, dass Sie die Frau geliebt haben.«

»Aber die hat Sie nicht geliebt. Kathi hatte ganz andere Pläne.« Deininger genoss es, das konnte Kappl sehen, und er verübelte es ihm nicht. Bader war ein Lügner und Betrüger, so viel stand fest. Er hatte seine Frau betrogen, belogen und hintergangen. Der Deckel war vom Fass, jetzt hieß es das Fass umkippen.

»Herr Bader, Sie kommen jetzt mit aufs Präsidium, bevor Sie beim Streckenvermessen kalt werden. Sie sind vorläufig festgenommen.« Kappl gab sich keine Mühe, seine Abneigung gegen Bader zu verstecken. Das tat gut. Und es beeinflusste nicht seine Objektivität.

Bader knickte in den Knien ein, die beiden Kommissare

griffen ihn unter den Achseln und verfrachteten ihn in den Wagen.

***

Deininger begleitete Bader in den Durchgangsgewahrsam, erledigte den Papierkram, wie es Untergebenen zustand. Kappl, ganz Leiter der MOKO, rauschte in Gerda Brauns Büro und ließ sich auf den neuesten Stand bringen.

»Frau Braun, ich muss schnellstens wissen, wer die beiden Männer mit dem französischen Wagen sind.«

»Die Franzosen haben noch nicht zurückgerufen.«

»Was ist mit dem Waffenschein?« Kappl stützte sich mit beiden Händen auf den Schreibtisch.

Gerda Braun strahlte. »Die Koordination klappt, Chef! Der Stadtverband hat vorhin die Liste gefaxt.«

»Lassen Sie mich raten. Die Liste liegt schon unausgewertet auf meinem Schreibtisch?« Kappl wandte sich zum Gehen und war schon fast zur Tür hinaus.

»Ausgewertet, Chef!«

Kappl drehte sich um. »Wow! Und?«

»Der Bader hat einen Waffenschein.«

»Gute Arbeit, Madame Maigret.«

Gerda Braun wuchs um ein paar Zentimeter. »Danke, Chef.«

»Bevor ich's vergesse! Bitte noch eine Telefonüberwachung gegen die üblichen Verdächtigen.«

»Geht klar, Chef.«

Kappl blieb noch einen Moment. »Wir nehmen uns jetzt den Bader vor. Gegen den gibt es einen ganzen Stapel Indizien. Er hat mit Kathi geschlafen, wollte wegen ihr seine Frau verlassen. Aber sie hatte ja Charlie. Sie hätte ihn nie verlassen. Ein fettes Motiv. Alles klar?«

»Alles klar, Chef. Wird sofort erledigt.«

Na bitte. Das fing an zu funktionieren. Deininger war nur eine Frage der Zeit. Dann würde sich diese Front von selbst auflösen.

Bader hatte sich wieder gefangen, er saß auf der Pritsche in der Zelle, versuchte die Tinte von den Fingern zu wischen. Seine Hose war an den Knien noch immer mit Waldboden verziert.

»Logisch hab ich einen Waffenschein, als Juwelier. Aber meine Pistole liegt seit Jahren unangetastet im Waffenschrank im Geschäft.«

Bader schien tatsächlich anzunehmen, sie würden ihm irgendetwas glauben nach der Lügenorgie.

»Okay. Das wird sich leicht feststellen lassen«, sagte Kappl.

Bader stand auf, die Kommissare versteiften sich, rechneten mit allem. Aber Bader senkte seine Stimme, breitete die Arme aus, bettelte.

»Herr Kommissar, lassen Sie mich hier raus. Bitte. Ich kann Kaution stellen. Ich bin doch nicht der Mann, den Sie suchen.«

»Das entscheidet der Ermittlungsrichter.«

Deininger klopfte an die Zellentür, Bader ließ sich auf die Pritsche fallen. Schlüssel rasselten, die Tür öffnete sich, die Kommissare gingen, Bader blieb.

»Charlie gehört eigentlich auch eingebuchtet«, schlug Deininger vor.

»Wenn er uns anlügt, sofort«, entschied Kappl. Kurz vor dem Gitter, das die Arrestzellen vom Präsidium trennte, stürmte ihnen ein Anwalt entgegen, der aussah, als wolle er ihnen seinen Aktenkoffer um die Ohren hauen. Kappl musste grinsen. Anwälte und Bullen, die erkennt man auch im Nebel.

»Sind Sie vom K1?«

Genauso gut hätte der Mann Feldwebel sein können. Die Frage war ein Befehl, nicht mehr und nicht weniger.

Deininger nahm eine stramme Haltung an, aber der Anwalt übersah das und legte los.

»Ich vertrete Herrn Bader. Ich verlange, dass Sie mir sofort alle angeblichen Beweise gegen meinen Mandanten darlegen oder ihn freilassen. Mein Mandant hat einen festen Wohnsitz, er ist nicht vorbestraft. Jeder Zweifel an seiner Integrität ist absurd, wenn Sie nicht ...«

Ein Kollege in Grün sperrte die Tür auf, die beiden Kommissare drückten sich an dem Anwalt vorbei, der stehen blieb und weiterschimpfte wie ein Rohrspatz.

»Wenden Sie sich an den Ermittlungsrichter.« Kappl pikte ihm mit dem Zeigefinger in die Brust.

»Wir haben leider überhaupt keine Zeit«, ergänzte Deininger. Sie gingen weiter, der Anwalt brüllte ihnen hinterher:

»Das sag ich Ihnen, morgen beim Hafttermin mache ich Kleinholz aus Ihren angeblichen Beweisen!«

Schon waren sie um die Ecke, Deininger winkte zum Abschied.

»Kleinholz brennt besser, Herr Anwalt.«

Kappl verbuchte das letzte Wort für sich. »Schönen Tag noch, Herr Anwalt.«

»Kennen Sie den ...« Kappl stockte.

»Nur keine falsche Scham.«

»... den Affen?«

»Den Affen kenn ich allerdings. Leider ist er nicht nur ein Primat, sondern auch ein cleverer Anwalt.«

»Wir werden sehen.«

»Das werden wir. Nämlich die Pistole von Bader. Und wenn nicht, dann wird's spaßig.«

Kappl nickte und betrachtete seinen Kollegen von der Seite. Dieser Deininger hatte ja auch seine guten Seiten.

Kappl korrigierte sich: seine gute Seite. Einzahl. Nur nicht einknicken.

Deininger fuhr, sie grüßten den Parkplatzwächter, der ihnen die Schranke öffnete, aber auf seinen Strauß Fragen keine Antwort bekam.

Deininger ließ Kappl den Vortritt, dafür hielt Kappl ihm die Tür auf. Susanne Bader stand an einer Vitrine und polierte Schmuck. Sie blickte auf, ein feines Lächeln tastete sich auf ihr Gesicht. Sie trat den Kommissaren entgegen, neigte leicht den Kopf.

»Guten Tag, die Herren. Was kann ich für Sie tun?«

Sie schien noch durchsichtiger geworden zu sein. Kappl schaute sich um. »Wo ist Ihre Angestellte?«

»Sie macht ihren verdienten Urlaub. Es ist ja so schönes Wetter im Moment, nicht wahr?«

Deininger räusperte sich. »Ihr Mann sagte, seine Pistole läge hier im Tresor. Können wir sie sehen?«

Susanne Bader legte das Poliertuch zur Seite und ging zur Tür. Kappl machte sich bereit, ihr hinterherzurennen, aber sie schloss nur ab.

»Wir können es uns nicht leisten, dass jemand etwas mitnimmt, ohne zu bezahlen.«

Das glaubte Kappl gerne. Die Policen für die Diebstahlversicherung waren abgelaufen. Die Baders konnten sich die Monatsraten schon lange nicht mehr leisten.

»Bitte.« Susanne Bader ging vor, kniete sich vor dem Tresor hin und suchte den richtigen Schlüssel. Mein Gott, dachte Kappl. Ein Tresor mit Schlüssel. Mit einem einzigen auch noch. Und der Tresor sah aus, als wäre er direkt von Wells Fargo hierher transportiert worden, mit John Wayne als Eskorte. Der Schlüssel passte, sie drehte ihn, ruckte den Griff zur Seite, und die Tür schwang tatsächlich auf. Ein paar Zwanzigeuroscheine lagen auf einem altertümlichen

Buch mit ledernem Einband, daneben eine rotbraun genarbte Pappschachtel, auf der in antiken Lettern »Walther« stand.

Die Schachtel war leer.

»Das verstehe ich nicht. Als ich vor ein paar Monaten nachgeschaut habe, war die Pistole noch da.«

»Wo liegt denn üblicherweise der Schlüssel zum Tresor?« Kappl ging zum Fenster.

»Im Schreibtisch meines Mannes.«

Deininger hielt eine Plastiktüte auf. »Frau Bader, ich muss die Kiste mitnehmen.«

Sie zögerte einen Moment, stand dann auf und ließ die Schachtel hineinfallen.

»Bitte sehr«, sagte sie, als hätte sie gerade einen teuren Ring verkauft. Sie könnte eine attraktive Frau sein, dachte Kappl. Wenn sie sich ein wenig anders kleiden würde, wenn sie ihre Frisur ein wenig aufpeppen und vor allem, wenn sie ihre kriechende Haltung aufgeben würde. Das war am schlimmsten. Mal sehen, ob er sie aus der Reserve locken konnte.

»Leider muss Ihr Mann jetzt erst mal in U-Haft bleiben.« Er rieb sich die Hände.

»Oh mein Gott«, sagte sie nur.

»Erschreckt Sie das?«

»Können Sie das nicht verstehen? Wir sind seit fünfzehn Jahren verheiratet.«

Treffer. Eine normale Reaktion wäre gewesen, nach dem Warum zu fragen. Und dann zu versichern, dass ihr Mann, was auch immer ihm vorgeworfen wurde, nichts damit zu tun haben konnte, weil er zu keinem Verbrechen fähig war. Aber nichts dergleichen.

»Haben Sie gewusst, dass Ihr Mann ein Verhältnis mit einer anderen Frau hat?« Deininger flüsterte fast.

»Was?«

Jetzt geriet ihr Gesicht tatsächlich etwas in Unordnung. Deiningers Hieb hatte sie überrascht.

»Es tut mir leid, dass ich Ihnen das sagen muss, aber wir können beweisen, dass Ihr Mann mit dem Mordopfer kurz vor der Tat in seinem Wagen geschlafen hat.«

»Nein!« Sie stieß sich vom Tresor ab und ging auf die andere Seite des Büros. »Nein. Nein, nein.« Sie drehte sich zu den Kommissaren. »Mein Mann, der kümmert sich ein bisschen zu viel um seine Lauferei, das stimmt, aber er ist mir treu.« Trotzig sagte sie das. Sie glaubte es selbst nicht, davon war Kappl überzeugt.

»Frau Bader. Wo waren Sie am Montag zwischen fünfzehn und achtzehn Uhr?«

»Hier im Laden, und irgendwann habe ich mit meinem Mann gestritten. Da drüben auf dem Parkplatz.«

»Gestritten? Weswegen?«

Sie stieß Luft aus. »Holt für zweitausend Euro Wechselgeld. Und lässt es dann im Auto liegen. Weil er immer irgendwelche anderen Sachen im Kopf hat.«

Sie hatte den Kopf gesenkt und schaute die Kommissare von unten an wie ein kleines unartiges Mädchen.

»Hat er Ihnen schon gesagt, dass er ausziehen will?« Kappl war auf die Reaktion gespannt. Ihr Kopf ruckte hoch, dann nach rechts. Susanne Baders Augen verloren ihren Glanz, einen Moment war sie weit weg. Dann lächelte sie wieder, aber ihr Blick hatte sich verändert. Jetzt war sie auf der Hut.

»Nein. Wieso?«

»Kathi Schaller sollte in sein neues Geschäft einsteigen, und er hatte ihr versprochen, mit ihr zusammenzuziehen.«

»Das glaube ich nicht.« Nichts sonst. Sie leugnete die Wahrheit, verdrängte die Realität. Sie hatte ein Motiv, aber bis jetzt gab es noch nicht einmal Indizien, und es warteten noch über hundert Spuren auf ihre Auswertung. Kathis

Wohnung war ein Taubenschlag gewesen. Und wenn sie Pech hatten, fanden sie nichts.

Sie ließen Susanne Bader in Ruhe, ließen sie zurück in den Trümmern ihres Lebens.

»Die ist doch ein Zombie.« Deininger sprach aus, was Kappl dachte.

»Da hast du ausnahmsweise mal recht.«

»Kriege ich jetzt eine Bleistift-Eins?«

»Das überlege ich mir noch. Wusstest du, dass sechsundfünfzig Prozent der Gewaltdelikte mit Schusswaffen von Frauen begangen werden?«

»Also, das ist doch ein alter Hut! Und …« Deininger wurde von seinem Handy unterbrochen, er meldete sich zackig.

»Deininger, K1. Ah, Frau Braun.« Er hörte einen Moment zu, dann weihte er Kappl ein. »Also, der Halter des französischen Wagens heißt Raoul Pertus alias Monsieur Raoul. Die französischen Kollegen sind hinter dem her wegen illegalem Medikamentenvertrieb in ganz großem Stil. Unser Zoll ist da auch schon dran.«

»Sagen Sie, ich muss sofort jemanden von der Zollfahndung sprechen.« Kappl spürte seinen Puls schneller schlagen.

»Die Zollfahndung soll mich bitte direkt auf meinem Handy anrufen.« Deininger blieb stehen. »Wieso?« Ärger platzte aus ihm heraus. »Also auch ein Zöllner kann mich mal von einer Tagung aus anrufen!« Einen Moment hörte er wieder zu, dann fuhr er herum. »Das gibt's ja wohl nicht!«, schrie er, dann beruhigte er sich wieder. »Danke«, sagte er, »ich weiß, dass Sie nichts dafürkönnen.« Er wandte sich Kappl zu: »Frau Braun hat schon alles versucht. Und sie kann stur sein.«

Kappls Ader an der Schläfe begann zu pochen. »Zoll!« Mehr brauchte er gar nicht zu sagen.

»Wie bei Hempels unterm Sofa«, sagte Deininger und sprach Kappl damit aus der Seele.

»Ich werd noch irre hier.« Kappl warf einen vernichtenden Blick auf die Straße und die Häuser.

»Bevor Sie jetzt völlig durchdrehen«, Deininger grinste frech, »Frau Braun hat rausbekommen, wo die Tagung stattfindet.« Sein Grinsen wurde noch breiter. »Und da fahren wir jetzt hin.«

Deininger kostete die hundertsiebzig PS des Mercedes voll aus. Da er sich außer im Rennfahren auch im Schweigen übte, begann Kappl laut zu denken.

»Die illegalen Einnahmen aus den Medikamentengeschäften müssen ja irgendwo gewaschen werden. Und bei Juwelieren gehen große Summen über den Tisch. Die Baders könnten sich so einen Zusatzverdienst verschafft haben, um ihren Laden über Wasser zu halten.«

»Wie muss ich mir das vorstellen?«, fragte Deininger. »Haben die eine Anzeige aufgegeben: ›Job als Geldwäscher gesucht‹?«

»Nicht nötig. Das Saarland gilt als Rückzugsgebiet der Mafia.« Kappl malte einen kleinen Kreis in die Luft.

»Die Mafiosi sitzen doch alle am Tegernsee.«

Erfreut stellte Kappl fest, dass Deininger ein richtiges Lächeln zustande bringen konnte.

»Schon mal mit dem Zoll in Bayern gearbeitet?«

»Ja.«

»Und?«

»Wie bei Hempels unterm Sofa.«

Deininger nickte zufrieden, und sein Lächeln blieb warm. »Zoll eben.«

Der gemeinsame Feind funktioniert doch immer, dachte Kappl.

»Na ja, wenigstens nicht irgendein sündhaft teures Hotel.« Deininger hatte den Wagen direkt am Eingang des Dienstgebäudes der Zollhauptverwaltung geparkt.

Sie ließen den Kollegen Schmitt rufen und mussten nicht lange warten. Er sah genauso aus, wie man die Kollegen vom Zoll kannte. Blaues, gebügeltes Hemd, Krawatte, graues Haar, Ende vierzig. Aber er schien zumindest kompetent.

»Wir haben Bader neulich an der Grenze mit einer Menge Bargeld und Juwelen angehalten. Er konnte den Besitz aber belegen.«

Deininger schüttelte den Kopf. »Wie, belegen?«

»Er hat eine Großhandelslizenz für Juwelen. In der Branche läuft eine Menge Cash um. Aber seitdem haben wir ihn auf dem Kieker, weil die Franzosen einen größeren Geldwäschering observieren, zu dem er Kontakte hat.«

Man musste kein Sherlock Holmes sein, um die Querverbindung zu erkennen. »Raoul Pertus?«, fragte Kappl und bemühte sich um korrekte französische Aussprache.

»Woher wisst ihr …?«

»Madame Maigrets French Connection«, stellte Deininger fest.

Schmitt fand das gar nicht lustig. Er lachte gekünstelt.

Kappl kam zurück zur Sache. »Bader trifft sich also mit Raoul Pertus?«

»Meistens in Lothringen zu einem guten Essen. Dort kommt es nach unserer Meinung zur Übergabe des Geldes, für das Bader dann auf dem internationalen Markt Juwelen kauft, die er anschließend dem Herrn aushändigt. Seine Provision liegt bei dreißig Prozent.«

»Warum lasst ihr sie nicht hochgehen?«

»Es muss Hintermänner geben, und die wollen wir auch kriegen.« Schmitt konsultierte seine Uhr und wandte sich zum Gehen. Kappl hielt ihn auf.

»'tschuldigung. Kennen Sie eigentlich Kathi Schaller?«

»Kathi? Klar. Ist schlimm, was da passiert ist.« Schmitt senkte den Kopf und holte tief Luft.

»Hat Kathi sich zufällig mal nach Ermittlungen wegen Geldwäsche erkundigt? So unter Kollegen?«

»Ja, so beiläufig. Als sie den Einsatz gegen die Fleischgroßhändler koordiniert hat.«

»Und da haben Sie mal ›so beiläufig‹ den Namen Bader fallen lassen?« Deiningers Ton war fast eine Anklage, und Schmitt fiel aus allen Wolken.

»Wie kommt ihr darauf?«

»Weil Kathi deswegen wahrscheinlich umgebracht wurde.«

Sie ließen den entgeisterten Zöllner stehen. Kappl spielte einen Moment mit dem Gedanken, Deininger das Feld zu überlassen und erst einmal ein Jahr Pause zu machen. Oder doch in die Staaten zu gehen. Verflucht noch mal! Über laufende Ermittlungen plauderte man nicht. Vor allem nicht mit Kollegen, die nichts damit zu tun hatten. Schon gar nicht, wenn es um solche Summen ging. Hatten die denn gar nichts gelernt? Polizisten waren auch nur Menschen. Umso mehr musste man aufpassen.

Deininger fuhr ein gemächliches Tempo. Auf der rechten Straßenseite tauchte eine Dönerbude auf.

»Ich hab Hunger, lass uns da vorne kurz was essen«, sagte Kappl und zeigte auf die Bude.

»Sie essen wohl nur, um Nahrung aufzunehmen?«

»Sie nicht?«

»Nein! Wo kämen wir da hin! Im Saarland sagt man: ›Hauptsach gudd gess! Un nix geschafft is schnell.‹ So geht das.« Deininger bog ab. »Jetzt gehen wir erst mal anständig essen. Wir fahren nach Daarle, das ist St. Arnual. Da kenne ich ein paar ›Hintermänner‹. Da gibt es ›Gudd gess‹. Was das angeht, können Sie sich von Ihrem Vorgänger was abgucken.«

»Lieber nicht«, Kappl fasste sich an seinen Waschbrettbauch, »so wie der ausgesehen hat.«

Deininger fuhr auf einen kleinen Platz inmitten des Ortes und hielt vor einem Restaurant, das für Kappl gut ins französische Elsass gepasst hätte. Draußen war noch ein Tisch frei. Kappl studierte die Speisekarte mit dem Ergebnis, dass er bis auf »Salat« nichts verstand.

Deininger winkte eine Frau herbei. »Lea, kommst du mal? Ich muss den jungen Mann da«, er zeigte mit dem Daumen auf Kappl, »in die Geheimnisse der saarländischen Küche einweihen.«

Lea beugte sich zu ihm herunter, und Deininger flüsterte ihr etwas ins Ohr; sie nickte eifrig und war schon wieder weg. Kurz darauf standen die Getränke auf dem Tisch: »Zwickel«, stand auf Kappls Glas. Sie prosteten sich zu, das Bier schmeckte anständig. Zumindest ein Grund, die Rückfahrkarte noch nicht zu lösen. Eine Viertelstunde später kam das Essen.

»So, einmal ›Gefüllte‹ für meinen Stefan und einmal ›gebratene Lyoner‹ mit Kärschtscher für den jungen Mann mit der schmalen Taille.« Sie lachte Kappl an. »Das ändert sich bald, keine Sorge.«

Kappl betrachtete die Teller. »Davon bin ich überzeugt.«

»Bon appétit«, wünschte Lea und enteilte zum nächsten Opfer, das sie mit saarländischen Köstlichkeiten mästen würde.

Kappl lief das Wasser im Mund zusammen. Knusprige Bratkartoffeln. Und der Ring Lyoner duftete verführerischer als jedes Parfüm. Mit seiner Exfreundin hatte er wegen so eines Spruchs mal einen Riesenärger bekommen. Deininger hatte schon die erste Hälfte seiner beiden faustgroßen Klöße erledigt.

Kappl zeigte auf den Tisch. »Gudd gess, keine Frage. Und wie war das mit ›nix g'schafft‹?«

Deininger redete beim Kauen. »Davon versteht ihr Reichsdeutschen nix.« Er wedelte mit der Gabel.

»Die Preußen vielleicht, die Bayern schon.« Aber Deininger sprang auf die Geschichtsstunde nicht an. »Sie denken also auch, dass Kathi sich wegen Geld an Bader rangemacht hat?«

»Ja. Geld für ihren blöden Traum.« Deininger zerteilte den zweiten Kloß mit einem Hieb.

Kappl sagte mit vollem Mund. »Und wir wissen jetzt, dass sie über die Info vom Zoll auf Bader gekommen ist. Und dann muss sie einfach nur zufällig ihre Parkkarte verlieren, und Alain Bader tappt in die Falle.«

»Da könnte ich kotzen«, sagte Deininger.

»Bei dem Essen?«

Deininger sagte nichts, schob sich eine Gabel voll Sauerkraut in den Mund. Kappl spann den Faden weiter. Baders Motiv war vielleicht ein ganz anderes, als er zunächst vermutet hatte. »Sie ist von Ihrer Geburtstagsfeier direkt zu dem Treffen mit Bader gefahren. Irgendwie schafft sie es, während sie sich mit Bader im Auto vergnügt, den Koffer mit dem Wechselgeld verschwinden zu lassen.«

»Was die Baders aber erst später auf dem Parkplatz merken«, ergänzte Deininger.

»Bader zählt zwei und zwei zusammen, holt seine Pistole, fährt zu Kathi in die Wohnung, bricht die Tür auf und sucht nach der Kohle. Kathi kommt nach Hause und: Bäng! Er nimmt das Geld, verschwindet und schmeißt die Pistole in die Saar.« Deininger verzog zweifelnd das Gesicht. »So weit alles klar. Aber wegen zweitausend Euro der ganze Aufwand?«

Kappls Handy meldete sich. Die Nummer verriet ihm, dass Gerda Braun ihn sprechen wollte.

»Ich denke, hier stört man die Leute nicht beim Essen?«,

sagte er zu Deininger und meldete sich dann wie ein echter Chef. »Kappl, K1.«

»Ei, die Frau Bader ist hier. Die will Sie sprechen.«

»Danke, Frau Braun. Sie soll warten.« Er legte auf.

»Wer denn?« Deiningers Augen blitzten.

»Susanne Bader.«

»Ach. Was will die denn jetzt?« Er schien überrascht.

»Das will sie uns nur persönlich sagen.« Kappl nahm die Serviette und wischte sich den Mund ab. Deswegen kannte er in den Städten die Imbissbuden und nicht die feinen kleinen Lokale. Er hatte nie Zeit, in Ruhe fertig zu essen.

Deininger ließ sich nicht beeindrucken, fixierte Kappl und stellte fest: »Aber wir essen noch auf.«

Jetzt begriff Kappl. »Hauptsache, gut gegessen, und nichts gearbeitet ist schnell.« Susanne Bader konnte ruhig ein bisschen schmoren. Das schadete gar nichts. Er widmete sich wieder seiner Lyoner, schnitt eine dicke Scheibe ab, lud ein paar Bratkartoffeln dazu und steckte sich das Ganze in den Mund. Wirklich lecker. Und sie hatten eine Pause verdient. Deininger hob sein Glas und nickte anerkennend.

***

Kappl konnte sich nicht erinnern, wann er das letzte Mal so viel gegessen hatte. Lyoner und Kartoffeln schienen seinen ganzen Bauch auszufüllen und alle anderen Organe zu verdrängen. Er nahm sich vor, am Abend mindestens eine Stunde zu joggen.

Susanne Bader saß in Gerda Brauns Büro. Sie grüßte wie immer, höflich, leise, sich auflösend. Gerda schrieb etwas auf einen Zettel und gab ihn Kappl.

Sie baten Susanne Bader in ihr Büro, Kappl ging vor und las den Zettel.

»Sie hat sich die ganze Zeit so gut wie nicht bewegt und kein Wort gesagt. Zu trinken wollte sie auch nichts.«

Gut. Sehr gut. Eine wichtige Information. Fast eine Dreiviertelstunde hatte sie geschmort und sich nicht gerührt, sich nicht beschwert.

»Nehmen Sie doch Platz, Frau Bader.«

»Danke«, sagte sie und setzte sich, ohne ein Geräusch zu verursachen.

Kappl holte sich seinen Stuhl heran, schaute noch mal auf den Zettel, sodass Susanne Bader das auf jeden Fall mitbekam. Er stützte seine Ellbogen auf die Schreibtischplatte.

»Also, Frau Bader, worum geht's denn?«, fragte er forscher, als es sein Bauch ihm eigentlich gestatten wollte.

Susanne Bader seufzte, griff in ihre Handtasche und zog eine Plastiktüte heraus.

»Das ist Alains Pistole. Die habe ich vorhin zufällig gefunden, in unserer Werkstatt.«

Kappl warf einen Blick auf die Waffe und gab sie an Deininger weiter. Eins war klar: Dem Sicherheitsdienst würde er dermaßen einen überbraten, dass die sich wünschen würden, er wäre niemals nach Saarbrücken gekommen. Nach Deiningers Gesicht zu urteilen, dachte er das Gleiche.

»In unserem alten Rollschrank. Beim Aufräumen.«

»Mal sehen, ob das die Tatwaffe ist.« Deininger taxierte Susanne Bader.

»Ganz bestimmt nicht.« Sie lächelte, und wieder reagierte sie nicht so, wie Kappl sich das vorgestellt hätte. Sollte eine treu liebende Gattin den Vorwurf, der in Deiningers kleinem Satz steckte, nicht empört weit von sich weisen?

»Also, ich bin immer noch davon überzeugt, dass das alles ein riesiges Missverständnis ist«, sagte Susanne Bader.

Kappl nickte. Wann würde diese Frau aufwachen? Und

was würde sie dann tun? Würde sie ihren Mann fortjagen oder umbringen? Konnte Susanne Bader einen Menschen töten?

»Ich gehe dann mal.« Ihre Stimme war nur ein Hauchen und ihr Lächeln kalt.

»Ach, Frau Bader, ich brauche noch Ihre Handtasche.« Kappl stellte sich ihr in den Weg, und für ihre Verhältnisse rastete sie geradezu aus. Sie hob ihre Stimme.

»Meine Handtasche? Wieso?«

»Nur Routine.«

»Aber da sind meine ganzen Sachen drin!«

Auflehnung. Eine Spur Widerstand. An ihrem erstarrten Lächeln änderte sich zwar nichts, aber Kappl spürte, wie in ihrem Inneren der Kampf tobte.

»Bitte.« Sie besiegelte ihre Niederlage mit einem Blick nach unten.

»Danke.« Kappl legte die Tasche auf Deiningers Schreibtisch, ihr Blick folgte seiner Bewegung, als würde er ihr Herz dort ablegen. Er ging zur Tür.

»Nehmen Sie doch so lange bitte im Besucherraum Platz.«

Sie zögerte, ihr Blick hing an der Tasche, aber schließlich setzte sie sich in Bewegung, und nichts von ihrer Persönlichkeit außer einem geflüsterten »Ja« blieb zurück.

Aus dem Nebenraum rief Gerda Braun: »Herr Kappl, da ist ein Päckchen für Sie gekommen.«

Kappl trat ein, sie reichte es ihm, und er erkannte sofort die Handschrift seines Vaters.

»Übrigens, der Bader schoggt schon wieder.«

»Wen?«

»Wie? Wen?«

»Na wen schockt der Bader? Was hat er angestellt? Noch eine Geliebte? Ist er doch schwul? Oder hat er Leder und Latex in den Knast geschmuggelt?«

Gerda Braun klimperte mit den Wimpern. »Ach, Herr Kappl, ‘tschuldigung. Nein, der Bader, der *läuft* wieder.«

»Im Knast?«

»Am Schanzenberg. Sein Anwalt hat Kaution gestellt.«

»Ich frage mich bloß, mit welchem Geld.« Kappl konnte es nicht fassen. Verdammt. Die Observierung. Die war ja ausgesetzt worden, als Deininger Bader eingebuchtet hatte.

»Sofort beschatten.« Hoffentlich war da nichts angebrannt. Kappl wandte sich zum Gehen, aber Gerda Braun war noch nicht fertig.

»Ich hab schon einen Kollegen auf ihn angesetzt, den Michael, der kennt sich zwar nicht so aus im Observieren, aber der läuft den Marathon in unter drei Stunden«, erklärte sie stolz, und Kappl fiel ein ganzer Felsbrocken vom Herz. Genau das waren die Stolpersteine. Eine kleine Information, die irgendwo versickerte, und schon konnte ein ganzer Fall kippen. Er wandte sich Gerda Braun zu.

»Was täten wir nur ohne Sie, Madame Maigret?«

Diesmal freute sie sich einfach nur über das Lob und vergaß, dabei rot zu werden.

»Ach ja. Lassen Sie Frau Bader bitte noch eine Viertelstunde schmoren. Dann geben Sie ihr die Tasche zurück und sagen Sie ihr, wir rufen sie an wegen dem Ergebnis des Waffentests.«

»Alles klar, Chef!«

Deininger legte die Hände aufs Lenkrad. »So, dann wollen wir mal sehen, ob der Herr Hauptkommissar etwas gelernt hat. Wie kommen wir zum Schanzenberg? An die Grillhütte?«

Kappl schloss die Augen, überlegte einen Moment. »Also erst mal zur Uni?«

Deininger brummte nur und fuhr los.

»Und dann den Turmweg. Stimmt's?« Kappl öffnete die Augen und sah Deininger nur den Kopf schütteln.

Aus dem Lautsprecher plärrte plötzlich das Gespräch von Michael und Bader, die Techniker hatten es gerade durchgeschaltet.

»Ich hab mich in New York auf den letzten drei Meilen vielleicht durch den Central Park gequält. Bin beinah nicht unter die drei Stunden gekommen.«

»Das kenn ich gut.« Baders Stimme. »Ich sage meinen Leuten immer, Körner sparen zwischen Meile 22 und 24, damit ihr hinten noch was habt.«

Kappl nahm das Mikrophon, studierte die Karte und stutzte. Deininger schüttelte wieder den Kopf.

»Bayern!«, schimpfte er. »Keine Ahnung, wo was im Saarland ist.« Er griff sich das Mikrophon. »Michael, an der Wegkreuzung rechts, führ ihn zur Grillhütte am Schönecker Weg. Wir sind gleich da.«

Bader quäkte wieder aus dem Lautsprecher. »Ich verstehe die Leute nicht, die mit Walkman laufen. Mich bringt das aus dem Rhythmus.«

»Ich kenne da eine interessante Streckenvariante.« Michael.

Die Kommissare schmunzelten.

»Ja? Von mir aus.« Bader schöpfte keinen Verdacht.

Schweigend liefen die beiden weiter, Michaels Atem war kaum zu hören, aber Bader atmete laut, prustete fast.

Deininger fuhr am Messegelände vorbei, einen Waldweg hinein, parkte den Wagen. Sie gingen ein paar Schritte, die Grillhütte kam in Sicht, und schon kamen Bader und Michael um die Ecke. Kappl hielt Bader auf, der eindeutig lieber umgekehrt wäre, als erneut einen Plausch zu halten.

»Sie können ruhig weiterlaufen«, bedeutete Kappl dem Kollegen, der gekonnt die Achseln zuckte, Bader zuwinkte und sich verabschiedete. »Bis zum nächsten Mal.« Michael verschwand im Wald.

Bader trippelte wieder auf der Stelle. Deininger begann ihn zu umkreisen.

»Herr Bader, Ihre Frau hat uns Ihre Pistole gebracht.«

Bader blieb wie angewurzelt stehen. »Wieso? Ich dachte, die ist verschwunden?«

»Jetzt ist sie wieder da. Sieht nicht gut aus für Sie, Herr Bader.« Kappl umrundete die Beute in der anderen Richtung, wie ein Indianer, der sich an eine Wagenburg heranpirscht.

»Ich verstehe überhaupt nichts mehr.«

»Aber von gutem Essen verstehen Sie doch was? So kleine Restaurants in Lothringen, Monsieur Raoul, ein bisschen Geldwäsche, illegal hergestellte Medikamente?«, sagte Deininger.

»Ich will meinen Anwalt sprechen!«

Kappl lachte nur. »Der wollte doch aus unseren Beweisen Kleinholz machen. Dazu bräuchte er jetzt aber einen Häcksler.«

»Ich sage gar nichts mehr.«

Es war nicht zu übersehen: Bader war weichgekocht. Kappl packte ihn am Arm und zerrte ihn zum Auto. »Dazu haben Sie im Präsidium noch genügend Gelegenheit«, sagte er mit Genugtuung.

Deininger schaffte Bader in die Arrestzelle, Kappl brachte das Paket seines Vaters ins Auto. Er öffnete die Heckklappe, packte es aus und musste grinsen. Ein bayerisches Carepaket. Süßer Senf, eine Flasche Most und ein Schinkenspeck von mindestens anderthalb Kilo. Sofort rief er seinen Vater an.

»Papa, grüß dich. Danke für das tolle Paket. Hat mich total gefreut. Aber das ist ja ein Trumm von Speck.«

»Vom Burgel, Bub. Das Schwein, das hab ich persönlich gekannt.« Er lachte.

»Ich weiß. Die Mama hat immer gesagt, so ein Speck ist gesund.«

»Saugesund, hat sie immer gesagt. Saugesund. Nur nicht für die Sau.« Wieder lachte er.

»Hast recht, Papa, so hat sie's immer gesagt, die Mama.«

Deininger kam aus der Tür gestürzt, gestikulierte. Irgendwas Wichtiges, keine Frage. Kappl wog den Speck in der Hand. »Aber das Trumm kann ich unmöglich allein essen.«

»Dann machst halt a richtige Brotzeit mit deinen Kollegen. Draußen. Im Grünen.«

»Das ist eine gute Idee. Aber ich muss auflegen. Einer meiner Kollegen will ganz dringend was von mir. Und weißt, was mich richtig freut? Dass du mal wieder lachen kannst.«

»Ja, das tut gut. Aber trotzdem …«

»Ich muss zum Einsatz. I ruf di späda on, pfüati, Papa, mach's gut!«

Kappl warf die Heckklappe zu und rannte zu Deininger, der ihn in einen weißen Kastenwagen schob.

»Schnell, die TÜ hat angerufen. Die Frau Bader auf Abwegen. Sie trifft sich mit den Franzosen. Der Zoll nimmt uns mit.«

Hinterm Steuer saß der Kollege Schmitt, der ohne Worte Vollgas gab.

Die Jungs vom MEK hatten hervorragende Arbeit geleistet. Sie hatten Susanne Bader und die beiden Franzosen bis zu einer Kiesgrube verfolgt, ohne aufzufallen. Ein echtes Kunststück, denn freies Gelände, Industrieflächen oder Wiesen waren der Alptraum für jedes Observierungsteam.

Zurzeit wurde hier nicht gearbeitet. Der Besitzer hatte

Pleite gemacht. Geräte standen herum und verrosteten, ein Teil des Geländes diente als Lager für sperrige Güter: mannshohe Betonröhren, Stahlträger, Container.

Der Techniker brachte sie kurz auf den neuesten Stand. Susanne Bader hatte es geschafft, die Franzosen zuerst in ein belangloses Gespräch zu verwickeln. Aber jetzt fing es an, interessant zu werden. Kappl konnte Frau Bader glasklar hören, wenn auch ein wenig verfremdet, obwohl sie mindestens sechzig Meter entfernt stand. Die Richtmikrophone der saarländischen Polizei arbeiteten gut, und der Nachteil des Geländes hatte für das Abhören des Gespräches unschätzbare Vorteile: kaum Nebengeräusche. Ein wenig Wind, aber den filterte die Elektronik raus.

Artig standen die Franzosen vor Susanne Bader. Einer mit Glatze und einer mit vollem Haar, beide in schwarzen Anzügen, der eine mit Rolli, der andere mit Hemd und Krawatte, Raoul Pertus. Der Glatzkopf, das war Pierre, Pertus' rechte Hand, der die schmutzige Arbeit erledigte.

»Mein Mann konnte leider nicht kommen. Deswegen bin ich an seiner Stelle da.«

»Das ist aber bedauerlich, dass Ihr Mann nicht ...«

»Er ist auf einer Geschäftsreise«, unterbrach Susanne Bader, und Kappl wunderte sich, dass diese verhuschte Frau auf einmal so tough war, einem Schwerkriminellen einfach ins Wort zu fallen.

»Ja, Frau Bader. Aber lassen Sie uns keine Zeit verlieren. Wo ist das Päckchen?«

»Das Päckchen!« Sie räusperte sich mehrmals. »Ja, das Päckchen.«

Die Franzosen standen wie Statuen.

»Das weiß ich leider auch nicht. Aber ich habe einen Verdacht. Der Mann heißt Charlie Wax. Ich glaube, der hat unsere Sachen.«

»Wo wohnt er?«, fragte Pertus leise.

»Er ist Musiker. Wohnt in der Rockfabrik. Das ist das Abbruchhaus an der Saar.«

»Nur zu Ihrer Beruhigung«, Pertus schien amüsiert, »wenn wir das Päckchen nicht finden, besuchen wir Sie. Zu Hause. Und dann wird unsere Plauderei ein wenig ... wie soll ich sagen, ungemütlicher ausfallen.«

Pertus ließ seine Drohung einen Moment nachwirken, dann sprangen die beiden ins Auto und fuhren mit Vollgas los. Susanne Bader stieg ebenfalls ins Auto.

»Zugriff!«, sagte Kappl ruhig. Aber sein Kollege vom Zoll rührte sich nicht.

Deininger verpasste Schmitt einen Stoß in die Rippen. »Los, fahr!«

»Nein.« Schmitt dehnte das Wort bis zum Zerreißen.

»Was soll das denn jetzt?«, fragte Kappl fassungslos.

»Die Hintermänner!« Schmitt betrachtete seine Fingernägel.

Synchron fingen Kappl und Deininger an zu fluchen. Kappl griff sich an den Kopf.

»Sag mal, dir ham sie doch ins Gehirn g'schissen! Du Hirsch, du damischer!« Er riss die Tür auf, Deininger schrie nur: »Raus hier!«, aber es war zu spät. Die Franzosen brausten mit Vollgas davon.

Deininger zückte sein Handy, Kappl verprügelte eine Betonröhre und fluchte weiter.

»Deininger, K1, ich brauche einen Einsatzwagen ...« Er ging kurz in die Knie. »Ei jo, weiterverbinden. Das ist ja nicht zu fassen.« Er wartete. »Deininger, K1«, wiederholte er, aber Kappl hatte bereits die Lösung ihres Problems ausgemacht. Er sprintete los, schlug seinem Kollegen auf die Schulter, dass ihm fast das Handy aus der Hand fiel.

»Da ist ein Lkw, komm, schlaf nicht ein!«

Deininger bewegte sich, allerdings nicht ohne eine zünftige Verabschiedung von der Zentrale: »Scheiß drauf!«

Todesmutig warf sich Kappl dem Fünfzehntonner entgegen. Die Frau hinterm Steuer machte eine Vollbremsung, knapp einen Meter vor Kappl kam sie zum Stehen. Der enterte das Führerhaus, zückte seinen Dienstausweis.

»Kriminalpolizei. Wir sind im Sondereinsatz. Es geht um ein Kapitalverbrechen. Zur Rockfabrik. Schnell!«

Deininger knallte die Tür zu. »Und los geht's.«

Die Fahrerin ließ sich das nicht zweimal sagen. »Festhalten, Jungs!«, rief sie und gab Gas, dass es die Kommissare in die Sitze drückte. Kappl hätte nie geglaubt, dass ein Lkw so beschleunigen konnte. Die Fahrerin konnte anscheinend Gedanken lesen.

»Keine Ladung. Vierhundert PS. Das bindet ab, nicht wahr, Jungs?«

Kappl wagte einen Seitenblick. Die Frau hatte Arme so kräftig wie seine Oberschenkel.

Auf jeden Fall beherrschte sie ihr Fahrzeug: Sie donnerte mit achtzig über den ungeteerten Weg und nahm die Kurven wie ein Rodler. Kappls Handy maulte. Kaum hatte er die Verbindung hergestellt, als ihm auch schon Geschrei um die Ohren flog.

»Was glauben Sie, wer Sie sind? Noch keine Woche im Saarland, und schon glauben Sie, dass Sie hier einen auf Räuber Hotzenplotz machen können? Brechen Sie sofort die Verfolgung ab!« Der Stimme nach irgendein hohes Tier. Schmitt hatte sich wahrscheinlich bei seinem Chef ausgeheult. Kappl konzentrierte sich einen Moment. Der Chef der Zollfahnder hieß Lieberfing oder so ähnlich. Das Rätsel löste sich von selbst.

»Ach so, hier ist Regierungsrat Rieberling!«, brüllte Rieberling.

Der kam Kappl gerade recht. »Ich kenne die Vorschriften, Herr Regierungsrat. Und ich setze zur Not auch das SEK ein, wenn es sich um eine massive Bedrohung eines

Menschen handelt, da sind mir Ihre Hintermänner mit Verlaub gesagt scheißegal!«

Kappl unterbrach die Verbindung. Deininger grinste.

»Zu viel Emotionen, Herr Kappl?«

Bevor Kappl etwas erwidern konnte, dirigierte Deininger den wild gewordenen Lkw nach links. Die Rockfabrik kam in Sicht, aber gute hundert Meter vor dem Ziel kam der Laster nicht mehr weiter. Schuttcontainer versperrten die Weiterfahrt.

Die Kommissare sprangen auf den Weg, rannten los, bald war Kappl zwanzig, dreißig Meter vor Deininger, der auch noch stolperte und sich fluchend langlegte. Kappl rannte weiter, der schwarze Audi der Franzosen stand vor dem Eingang zur Rockfabrik. Kappl ging in die Knie, zog die Waffe, entsicherte sie, pirschte sich an.

Wo blieb Deininger? Vorsichtig schob sich Kappl zur Tür hinein und duckte sich hinter einen Stapel Kisten. Die Franzosen standen mit dem Rücken zum Eingang, Charlie blutete aus der Nase, Pierre, der Glatzkopf, drückte ihn an die Wand, hielt ihm ein Messer ins Gesicht, zielte auf sein rechtes Auge.

»Ray Charles konnte trotzdem noch Gitarre spielen.« Pierre lachte als Einziger über seinen Witz. Pertus stand unbeweglich, wie vorhin in der Kiesgrube.

»Klavier«, quetschte Charlie heraus. »Er war Pianist, du Banause.«

Kappl musste sich entscheiden. Charlie war in ernster Gefahr, aber es mit zwei Mann aufzunehmen war mehr als riskant, es war fahrlässig. Verdammt, wo blieb Deininger?

Pierre ritzte Charlies Wange. Der stöhnte auf.

»Zum letzten Mal. Wo ist das Päckchen?«

»Ich habe kein verdammtes Scheißpäckchen.«

Charlie lief der Schweiß von der Stirn, er zitterte am ganzen Körper. Pierre setzte das Messer an.

Ein Blecheimer fiel um, Deininger polterte herein, die Waffe im Anschlag. Pierre drehte sich um, das Messer entfernte sich von Charlies Gesicht, der sich frei machte und sofort die Flucht ergriff.

Kappl tauchte hinter den Kisten auf, zielte auf Pierre.

»Hände hoch!«, schrie er. »Messer fallen lassen. Ganz ruhig.«

Deininger dolmetschte. *»Haut les mains! Jette le couteau. Du calme!«*

Pierre ließ das Messer fallen, es blieb zitternd im Boden stecken. Pertus hatte die Gelegenheit genutzt und sich hinter einer Betonsäule in Sicherheit gebracht. Verdammt. Bevor Kappl weiterdenken konnte, peitschte ein Schuss durch die Halle. Aber aus der falschen Richtung.

»Da habt ihr euer Scheißpäckchen!«, brüllte Charlie und feuerte erneut.

Pertus ballerte los, Kappl und Deininger gingen in Deckung, Pierre zog seine Waffe, erlegte einige leere Flaschen und verschwand ebenfalls hinter der Säule.

»Waffen wegwerfen! Waffen weg! Alle!«, brüllte Kappl, aber Pertus gab noch mal zwei Schüsse ab, die ihn knapp verfehlten und die Scheibe hinter ihm perforierten. Dann herrschte Ruhe. Eine Pistole schlitterte über den Boden. Das musste Charlies Waffe sein, die Richtung stimmte. Sie warteten. Keine weiteren Schüsse.

»Stefan?«

»Gib mir Deckung, ich geh raus«, rief Deininger, und Kappl zollte ihm für seinen Mut Respekt. Er war zwar ein lausiger Sprinter, aber ein Mann, auf den man sich verlassen konnte. Denn Kappl hasste nicht nur Unpünktlichkeit. An zweiter Stelle stand Feigheit. Sein Herz raste. Alles war gründlich schiefgelaufen. Und jetzt riskierten sie auch noch ihr Leben. Er verließ seine Deckung, Deininger schnappte sich Charlies Waffe, checkte die Säule.

»Ich glaub, die sind weg!«

Sie rannten zum Eingang, doch alles, was sie von den Franzosen zu sehen bekamen, waren zum zweiten Mal für heute die Schlusslichter des schwarzen Audi. Deininger sicherte die Waffe, entsicherte sein Handy.

»Deininger, K1. Wir hatten gerade einen Schusswechsel mit Franzosen in der Rockfabrik. Sie sind flüchtig mit einem schwarzen Audi A8 …«

Kappl hörte nicht mehr zu. Charlie kam auf der anderen Seite der Rockfabrik wie ein Hase aus dem Gebüsch gejagt. Leichte Beute. Kappl sprintete los.

Charlie hatte keine Chance. Kappl warf sich auf ihn, nagelte ihn fest.

Deininger kam an, vollkommen außer Atem. Kappl machte seiner Angst und seiner Wut Luft.

»Verdammte Scheiße, wie konntet ihr die Pistole bei der Durchsuchung übersehen?«

»Der Jordan hat doch alles auf den Kopf gestellt, da war keine Waffe. Sie waren doch selber dabei!«

Kappl klingelte es in den Ohren, Deininger hatte ein ziemliches Organ. Er fesselte Charlies Hände mit Kabelbinder auf dem Rücken. Das war unangenehm, Charlie stöhnte vor Schmerz. Aber diese Fesseln waren äußerst wirksam. Zu den Schrammen, die Pierre in Charlies Gesicht hinterlassen hatte, waren ein paar neue durch den Sturz gekommen. Kappl hatte nicht die Spur von Mitleid. Charlie Wax hatte sich selbst in die Scheiße gesetzt und musste jetzt die Konsequenzen tragen.

Deininger hielt ihm die Pistole vor die Nase. »Wo hast du die Scheißwaffe her?«

»Kaiserslautern.«

»Was?« Deininger schnaubte ungläubig.

»Kaiserslautern. Von den Amis. Die habe ich mir erst besorgt, als Kathi schon tot war.«

»Gibt's Zeugen?«

Charlie schwieg.

»Ich glaub dir kein Wort. Die kommt heute in den Beschuss. Und wenn es die Tatwaffe ist, dann gute Nacht, Charlie Wax.«

»Die kleinen Kratzer in deinem Gesicht, die heilen schnell. Aber ich sorge dafür, dass du im Knast jahrelang keine Musik mehr machen kannst. Klar?« Kappl hätte Charlie am liebsten eine runtergehauen. Dieser Idiot. Dieser Vollidiot! Und wenn er Kathi auf dem Gewissen hatte, dann würde jeder Tag Knast für ihn die Hölle werden. Er griff Charlie unsanft am Oberarm. Der zuckte nicht einmal. »Also. Wo ist das verdammte Päckchen?«

»Okay. Okay. Ich zeig's euch.« Charlie entspannte sich, sie halfen ihm beim Aufstehen. »Da lang.«

Sie liefen querfeldein, bis sie zur Saar kamen. Charlie zeigte mit dem Kopf auf einen Haufen Geröll. Kappl löste die Fesseln.

»Wenn du versuchst abzuhauen, machen wir dich fertig«, sagte Deininger leise.

Charlie bückte sich, räumte ein paar Steine zur Seite und zog aus dem Hohlraum dahinter eine schwarze Schachtel, die mit Klebeband in Polsterfolie eingewickelt war. Deininger zog Handschuhe an und nahm sie entgegen.

»Und wie viel soll da drin sein?«

»So um die zweihunderttausend, hat Kathi gesagt.«

Deininger riss die Folie ab, verpackte sie in eine Asservatentüte. Er klappte die Schachtel auf und pfiff durch die Zähne. »Diamanten! Schau, schau! Warum überrascht mich das nicht?« Er hielt Kappl die Steine unter die Nase. »Das reicht für einen kleinen Urlaub.«

Aber Kappl war noch nicht für Witze zu haben. »Hast du gewusst, dass da Edelsteine drin sind?«, fuhr er Charlie an.

»Kathi hat erzählt, Bader kauft Juwelen und wäscht damit Bargeld, das mit illegalen Medikamenten verdient wird.«

»Ach, du meinst irgendwelches gepanschtes Dreckszeug, an dem Tausende von armen Schweinen verrecken, nachdem sie ihr letztes Geld dafür ausgegeben haben? Hat Kathi das auch erzählt?«

Charlie senkte den Blick. Alle Wut war verflogen, sein schlechtes Gewissen stand ihm auf die Stirn geschrieben.

»Schöne Träume!« Kappls Stimme ätzte.

Der Mann mit dem geplatzten Traum ließ sich auf einen Betonklotz fallen. Deininger trat hinter ihn.

»Und wo hast *du* die Steine her?«

»Kathi hatte die Idee. Sie hat immer gesagt, Träume muss man wahr machen.«

»Deswegen hat sie sich an Bader rangemacht.« Kappl hatte sich wieder beruhigt. Charlie tat ihm jetzt fast leid.

»Ich bin fast wahnsinnig geworden. Jedes Mal, wenn sie von dem gekommen ist, hat sie nach seinem Aftershave gerochen. Und als er ihr am Freitag diesen Ring geschenkt hat, da wusste ich, dass er sie wirklich will. Ich wollte, dass sie sofort mit dem ganzen Scheiß aufhört.«

»Aber sie hat nicht aufgehört, stimmt's?« Deininger saß wie ein Frosch hinter Charlie und blies immer wieder die Backen auf.

»Kathi hat gewusst, dass Bader am Montag wieder Juwelen ranschafft. Diesmal einen richtig großen Brocken, deswegen hat sie sich mit ihm verabredet. Ich hab hinter dem Auto gelegen und drauf gewartet, dass Kathi von innen die Kofferraumverriegelung aufmacht. Dann bin ich hingerobbt, hab den Koffer rausgenommen und bin weggerannt, weil …« Die Erinnerung ließ Charlie verstummen. »Ich konnte das Gestöhne nicht mehr ertragen«, sagte er schließlich.

»Und dann bist du in ihre Wohnung gefahren, hast auf Kathi gewartet und sie über den Haufen geschossen.«

»Moment mal, ja!« Charlie drückte sich hoch, Kappl ging sofort in Abfangposition, aber Charlie winkte nur ab.

»Es hat Zoff gegeben zwischen Kathi und mir, weil ich tierisch eifersüchtig war, aber meinen Frust, den hab ich an der Gitarre rausgelassen.«

»Auch eine Methode, damit umzugehen.« Kappl hatte genug gehört, Deininger ebenfalls.

»Manche wenden ja mehrere Methoden gleichzeitig an. Herr Wax. Sie stehen unter Mordverdacht und sind vorläufig festgenommen. Die Belehrung erfolgt im Präsidium.« Deininger nahm Charlie in den Polizeigriff und führte ihn ab.

Charlie wurde in eine Zelle gebracht, Deininger machte sich an die Auswertung der angefallenen Neuigkeiten, die sich allesamt als Nieten erwiesen, Kappl brachte die Waffe zu Jordan, der versprach, den Beschuss sofort durchzuführen. Die Diamanten kamen in den Tresor der Asservatenkammer. Die Fahndung nach den Franzosen hatte nichts ergeben.

Kappl informierte seinen Chef und den Staatsanwalt, die beide zusicherten, die Leute vom Zoll zurückzupfeifen. Alles in bester Ordnung. Jetzt fehlte nur noch der finale Schlag gegen Kriminaloberkommissar Deininger. Kappl besuchte das Personalbüro, und endlich hatten sie gute Nachrichten für ihn. Zufrieden kehrte er ins Büro zurück, wo Deininger fleißig Akten bearbeitete, denn die Toten durften nicht warten. Kappl vertiefte sich ebenfalls in die Papierstapel. Studierte alle Aussagen zum Fall Schaller, aber das war vollkommen sinnlos, sollte sich sein Verdacht erhärten.

Das Fax meldete sich. Er sprang auf, stellte sich davor,

klopfte mit dem Zeigefinger auf das graue Plastik. Quälend langsam schob sich das Papier heraus. Kappl las.

»Doch die Schuppen!«

Deininger blickte auf. »Welche Schuppen?«

»Von der einen Waffe.«

»Und Vergleichsspuren?«

Kappl gab ihm das Fax, Deininger las und schüttelte anerkennend den Kopf.

»Da wäre ich im Leben nicht draufgekommen.«

Das fühlte sich gut an. Das Lob seines Kollegen war Kappl wichtig. Er war selbst ein bisschen stolz auf sich. Sein Verhältnis zu Deininger begann sich zu entspannen. Und gerade deshalb konnte Deininger auf dieser Dienststelle kein Kriminaloberkommissar bleiben. Das stand fest, war besiegelt und nicht mehr rückgängig zu machen. Im Personalrat hatte man ihn gewarnt, dass das seine Position schwächen könnte, aber Kappl hatte nur abgewinkt. Schließlich gab es ja auch so etwas wie Berufsethos.

Jordan rief an. Der Beschusstest war eindeutig.

»Na dann. Auf zu Charlie, dem Barden«, sagte Kappl.

»Er wird nicht erfreut sein, dass er weiter unser Gast bleibt.«

»Wird er nicht.«

»Müssen Sie immer das letzte Wort haben?«

Kappl nickte. »Sonst kriege ich Kopfschmerzen.«

»Ja, dann empfiehlt Doktor Deininger Yoga.«

»Danke für den Tipp.«

Der Kollege in Grün hatte Charlie in den Vernehmungsraum gebracht. Kappl und Deininger beobachteten ihn eine Zeit lang durch den Spiegel. Er rauchte eine nach der anderen, die Luft war dick, als hänge Smog über dem Raum.

Sie gingen hinein, blieben an der Tür stehen. Charlie

drückte die Kippe aus, Kappl kam zu ihm an den Tisch, beugte sich hinunter. Charlies Gesicht sah aus, als hätte es Intimkontakt mit einem Häcksler gehabt.

»Also. Deine Waffe ist nicht die Tatwaffe.«

Keine Reaktion. Wieder ein Mensch, der ganz anders reagierte, als Kappl es angenommen hatte. Charlie sagte nur:

»Kann ich dann gehen?«

Deininger schnalzte mit der Zunge. »Haben wir da nicht eine kleine Schießerei und einen Juwelendiebstahl vergessen?«

»Die hätten mich umgebracht. Das war Notwehr. Ihr seid Zeugen.«

Kappl milderte die Worte seines Kollegen ein wenig ab. »Schaun wir mal. Vorerst bleibst du im Vollzug.«

Die Kommissare verließen das Präsidium und stiegen in den Dienstwagen.

»Un?«

Kappl kratzte sich am Kinn. »Was bedeutet denn jetzt wieder *dieses* ›Un?‹, sozusagen im Hier und Jetzt?«

Deininger grinste. »Es gibt Sachen, die kann man nicht lernen. Ist doch ganz einfach. ›Un?‹ heißt hier und jetzt: ›Mit welcher Wahrscheinlichkeit war Charlie Wax für Sie der Täter?‹ Ist doch ganz einfach.« Er fuhr los.

»Ah ja, okay, wie dumm von mir. Das kleine Wörtchen hat ja auch höchstens hundert verschiedene Bedeutungen. Da ist ja Japanisch einfacher! Wie auch immer. Achtzig Prozent Wahrscheinlichkeit. Er steckt dermaßen voll von unterdrückter Aggression. Seine Eifersucht, sein Versagen, sein drohender Ruin. Und dann vögelt seine große Liebe mit einem alten Sack rum. Das hat schon ganz andere die Nerven verlieren lassen.«

»Ja. Das stimmt schon. Aber da hat was nicht gestimmt.«

Deininger verstummte. Also fragte Kappl nach. »Un?«

»Nicht schlecht, Herr Kappl, nicht schlecht. Also: Warum ist er nicht mit den Diamanten abgehauen? Er hat sich eine Waffe besorgt nach Kathis Tod. Also verkehrt er in den entsprechenden Kreisen. Er hätte die Steine locker zu Geld machen können.«

»Stimmt. Er hatte hier nichts mehr zu gewinnen.« Kappl nestelte an seinem Hemdkragen.

»Außer die Mörder von Kathi zu erwischen.«

»Das heißt, er hat damit *gerechnet*, dass die Franzosen zu ihm kommen.«

Deininger bog links ab, Richtung Alt-Saarbrücken. »Aber wie er nun mal ist, hat er das auch nicht hingekriegt. Anstatt die Waffe zu tragen, versteckt er sie. Echt ein armes Schwein.«

»Aber ein super Sänger.«

»Er hat was, das steht fest.« Deininger hielt den Wagen an. »Hoffentlich ist sie da.«

Das hoffte Kappl auch, ansonsten würden sie erhebliche Schwierigkeiten bekommen. Nach dem Stand der Ermittlung hätten sie eigentlich mit Blaulicht und Kavallerie anrücken müssen. Er grüßte den Parkplatzwächter.

»Na dann.« Kappl ließ Deininger den Vortritt.

Frau Seiffert stand hinter der Verkaufstheke. Ihr Blick war nicht zu deuten, aber sie begriff sofort und zeigte nach unten.

»Sie ist im Büro von Herrn Bader. Sie räumt wohl auf.« Frau Seiffert ging vor und kündigte den Besuch an. »Da wären noch mal die Herren von der Kripo.«

Kappl schaute sich um. Baders Pokale lagen in einer Kiste übereinander. Die Flyer für seine »Marathonschule« obenauf. Susanne Bader wandte sich ihnen zu.

»Guten Tag«, sagte Kappl.

»Guten Tag«, echote Deininger.

»Guten Tag.« Das Lächeln von Susanne Bader misslang gründlich.

»Frau Bader, wir hätten da noch was zu klären.« Kappl sprach nicht weiter. Nur wenige Sekunden hielt sie die Spannung aus.

»Was ist …?« Sie gab sich einen Ruck. »Was ist mit der Pistole meines Mannes?«

»Das ist eindeutig die Tatwaffe, und wir konnten Fingerabdrücke Ihres Mannes auf der Waffe sichern.«

Susanne Bader wandte sich ab, und Kappl konnte sich denken, warum.

»Mein Gott«, hauchte sie, nahm einen Stapel Papiere und legte sie in ein Regal.

Kappl redete mit ihrem Rücken. »Die Fingerabdrücke Ihres Mannes sind etwas verwischt, als ob jemand Latexhandschuhe benutzt hätte.« Er trat neben sie, sie wich seinem Blick aus. »Denn davon sind Talkumreste nachweisbar. Komisch, dass ein Täter Latexhandschuhe benutzt und vorher seine Fingerabdrücke nicht wegwischt.«

Ihr Kopf ruckte zu Kappl herum. »Ja, das ist komisch.« Sie lachte fast.

»Ja.« Kappl lachte ebenfalls kurz, um dann wieder ganz der Bulle zu werden, der keinen Spaß versteht. »Aber so eine Waffe ist eine Fundgrube von Spuren. Schuppen zum Beispiel.«

»Schuppen? Was denn für Schuppen?« Ihr war das Lachen vergangen.

»Haarschuppen. Ihre Haarschuppen, Frau Bader.«

Sie war nicht in der Lage, Kappl anzusehen.

»Sie haben die Tatwaffe in Ihrer Handtasche mit zum Tatort genommen …« – jetzt blickte sie auf, Kappl direkt in die Augen – »… Kathrin Schaller erschossen und die Pistole danach versteckt, nicht wahr? Und das alles mit Latexhandschuhen.«

»Wie kommen Sie auf so was Absurdes?« Sie schien erleichtert, aber Kappl hatte seine Munition noch lange nicht verschossen.

»An Ihrer Haarbürste sind die gleichen Schuppen, winzige Spuren nur, wie an der Tatwaffe. Sie müssen die Pistole also in Ihrer Handtasche transportiert haben.«

»Ja.« Sie räusperte sich. »Auf dem Weg ins Präsidium. Als ich Ihnen die Waffe gebracht habe.«

Kappl ließ sich auf der Kante des Schreibtischs nieder und rückte ihr auf die Pelle.

»Sie wollen uns also erzählen, dass Sie die Pistole mit Handschuhen in Ihre Handtasche gesteckt und dann, vor der Übergabe an uns, wieder herausgenommen haben, um sie in eine Plastiktüte umzupacken? Sie haben uns die Pistole nicht in der Handtasche, sondern in der Plastiktüte mitgebracht!«

Susanne Bader drückte sich von der Wand ab, drehte Kappl den Rücken zu und ging ohne das kleinste Geräusch zur anderen Seite des Raumes. Kappl packte die Schlusskeule aus.

»Sie haben jetzt die letzte Chance, ein Geständnis abzulegen, das dann später das Schwurgericht dazu bewegen kann, Ihnen nur ›einfaches‹ Lebenslänglich wegen Mordes zu geben. Dann wären Sie nach rund fünfzehn Jahren wieder draußen. Falls das Gericht eine besondere Schwere der Schuld feststellt – immerhin haben Sie brutal eine Polizistin erschossen –, dann kommen Sie nie mehr raus.«

Kappl wusste nicht mehr, wie oft das gewirkt hatte, obwohl es nichts mit der Realität zu tun hatte. Ein Geständnis wirkte immer strafmildernd. Selbst wenn das Gericht die Tat bewiesen hatte und die Täterin als letztes Wort sozusagen gestand und bereute, waren die Richter dazu verpflichtet, das Geständnis zum Vorteil der Täterin in das Urteil mit einzubeziehen. Aber jetzt ging es darum, Susanne Bader so unter Druck zu setzen, dass sie zusammenbrach und gestand. Dann wäre der Fall erledigt, sie konnten die Akten fertig machen und an den Staatsanwalt schicken. Aber die Keule hatte nicht gereicht.

»Ich sage jetzt gar nichts mehr.« Susanne Bader verschränkte die Arme vor der Brust.

Dann Plan B, dachte Kappl, nickte Deininger zu und verließ den Raum. Am Treppenabsatz, außer Sichtweite, blieb er stehen, verscheuchte Frau Seiffert und lauschte. Deininger redete wie ein väterlicher Priester, der die Beichte abnimmt.

»Frau Bader, jetzt setzen Sie sich doch erst mal hin.«

Kappl ging in die Knie, spitzte nach unten. Tatsächlich. Die Frau setzte sich.

»Der bringt das glatt fertig. Der bringt das ganze Gericht gegen Sie auf. Und die Presse. Gefundenes Fressen für ganz Saarbrücken. Denken Sie doch mal an Ihre Kundschaft, Familie, Freunde.«

Susanne Bader senkte den Kopf, begann zu schluchzen. Kappl schloss kurz die Augen. Endlich. Fangschuss.

»Der Kappl, der ist neu hier. Der hat überhaupt keine Ahnung, wie das hier läuft. Der zieht das eisenhart nach Vorschrift durch. Aber ich kenn die Staatsanwälte, ich kenn die Journalisten, ich kann mich überall für Sie einsetzen. Aber Sie *müssen* uns entgegenkommen.«

Die Schleusen öffneten sich, Susanne Bader presste die Hände vors Gesicht, weinte, weinte, weinte.

Selbst als sie mit den Kommissaren im Vernehmungsraum saß, vor sich das Mikrophon, über sich die Kameras, weinte sie noch immer und war nicht in der Lage zu reden. Ein halbe Stunde dauerte es, bis sie anfing, von ihrem Untergang zu erzählen, die Stimme von Tränen erstickt, das Gesicht aufgequollen.

»Wir haben alles versucht. Die ganzen Jahre. Aber die Schulden haben uns langsam erdrückt.« Sie blickte hilfesuchend auf. »Das Geschäft und er. Das ist doch alles, was ich habe.« Vergebens suchte sie Zustimmung in den Gesichtern der Kommissare.

»Und dann hat er mit der Lauferei angefangen.« Deininger hustete kurz.

Kappl deutete es als Anteilnahme. Ein ganz neuer Zug an dem Mann. Aber sympathisch. Gut zu wissen, dass Deininger kein Rächertyp war.

»Ja. Ich habe jeden Tag mehr gespürt, dass er sich eine eigene Welt aufgebaut hat. In die ich gar nicht reinpasse.« Eine Feststellung. Sie überlegte einen Moment, die Tränen versiegten, sie knetete ihre Hände.

»Mit diesem Flittchen!«, stieß sie hervor. Auf Deiningers Emoskala mit den Werten eins für »klinisch tot«, bis zehn für »Tornado«, hätte der Ausbruch mit Mühe und Not eine 1,8 bekommen, dachte Kappl.

»Ich habe meinen Mann nie betrogen«, sagte sie fast trotzig, »ich hab noch zu ihm gehalten, als er mit seinem Herzen schon ganz woanders war. Auch als er die Sache mit den Franzosen angefangen hat.« Sie suchte Blickkontakt mit Kappl, der aber weder Ablehnung noch Zustimmung signalisierte, also schlug sie ihre Augen wieder nieder. »Ein halbes Jahr haben sie uns getestet, und am Montag sollte die erste große Transaktion stattfinden.«

»Der Befreiungsschlag für Bader und Bader«, sagte Kappl.

»Was glauben Sie, wie nervös ich war! Und dann war alles weg. Juwelen für ein Vermögen. Weg. Verschwunden. Die letzte Chance, aus den Schulden rauszukommen!«

»Sie hatten sofort Frau Schaller im Verdacht?« Deiningers Stimme verhärtete sich.

»Was hat sie denn sonst an ihm finden können außer Geld?« Es schien, als müsste sie sich übergeben. Aber sie hatte sich sofort wieder unter Kontrolle. »Er ist doch viel zu alt für sie.«

»Und dann sind Sie zu ihr, um das Päckchen zu holen«, stellte Kappl fest.

»Als mein Mann zu den Franzosen ist, um sie hinzuhalten, hab ich nachgedacht, und da ist mir klar geworden, dass sie dahinterstecken musste. Ich bin hingefahren, hab geklingelt. Die Pistole hatte ich mitgenommen, aber ich wollte nicht schießen. Wollte nur drohen. Aber es war niemand da. Dann bin ich ins Auto gegangen, hab Werkzeug geholt. Und dann die Tür aufgebrochen. Dann bin ich rein. Und hab überall gesucht. In ihren Sachen. Plötzlich stand sie in der Tür. Sie hat mich so seltsam angesehen. Und dann ist sie auf mich los. Da hab ich geschossen. Zwei-, dreimal. Ich war wahnsinnig vor Wut ...«, ihr Blick ging ins Leere, »... und vor Eifersucht.« Eine lange Pause entstand. »Sie war so hübsch.«

Dann schwieg sie. Die Hände ordentlich übereinandergelegt, den Blick auf der grauen Tischplatte.

Kappl stoppte das Aufnahmegerät, Deininger rief die Beamtin, Susanne Bader ließ sich widerstandslos abführen.

Den Rest des Tages arbeiteten die beiden Kommissare schweigend an den Ermittlungsakten, verabschiedeten sich höflich voneinander und gingen ihrer Wege, in dem Bewusstsein, sich zumindest einen Tag nicht sehen zu müssen. Beide hatten sich freigenommen, ohne dass der andere davon gewusst hatte. Kappl brauchte noch etwas Zeit für das, was er mit Deininger vorhatte.

***

Pünktlich um acht am übernächsten Tag saßen Kappl und Deininger wieder an ihren Schreibtischen. Kappl beobachtete seinen Kollegen den ganzen Tag über. Irgendetwas hatte sich verändert. Deininger schien nicht so abwehrend zu sein. Irgendwie weicher, zugänglicher. Um siebzehn Uhr ließ Kappl den Kugelschreiber fallen. Zeit für eine Plauderei, um herauszufinden, ob sich Kappl in seinen Gefühlen täuschte. Und Zeit, noch ein paar Fragen zu klären.

»Schicht, Herr Deininger. Es reicht für heute.«

Deininger zögerte.

»Los, raus hier, Feierabend!«

Deininger nickte erstaunt, nahm seine Jacke. Gemeinsam verließen sie das Präsidium.

»Der Bader hab ich das am wenigsten zugetraut.« Kappl streckte sich.

»Tja, drohender Ruin, Eifersucht, Verlassensängste.« Deininger grinste. »Zu viel Emotionen halt.«

»Dass sie so schnell gestanden hat, war Ihr Verdienst.«

»Aber Ihre Nummer mit den Spuren, Chef, das war ganz schön clever. Da konnte sie einfach nix gegen machen.« Deininger war stehen geblieben. »Was sagt eigentlich der Ermittlungsrichter?«

»Es gibt zwei Haftbefehle. Gegen Frau Bader wegen Mordverdacht, gegen Herrn Bader wegen Hehlerei, Steuerhinterziehung und Geldwäsche.«

»Und Charlie?«

Kappl lächelte. »Der wird zwar wegen Diebstahl angeklagt, aber nicht wegen der Schießerei. Weil wir zwei bezeugen können, dass es Notwehr war. Der Richter hat ihn bis zum Prozess auf freien Fuß gesetzt.«

»Ah ja«, sagte Deininger, als sei das keine Neuigkeit für ihn.

»Ah ja?« Kappl fixierte ihn. »Dafür hat er aber einen guten Anwalt gebraucht. Das war doch ein Tipp von dir«, er stockte, »... ich meine, von Ihnen?«

Deininger setzte sein Pokerface auf. »Ich wollte ja nicht,

dass Charlie von so einem Winkeladvokaten ausgeplündert wird.« Er ging zügig weiter.

»Ja klar!«, rief Kappl ihm hinterher. »Bis morgen.«

Deininger hob als Gruß kurz die rechte Hand. Was für ein sturer Bock, dachte Kappl. Aber ab morgen würde sich das ändern, dafür hatte er gesorgt.

Er hatte noch etwas zu erledigen. Wie hieß es so schön? Wenn der Berg nicht zum Propheten kam, musste der Prophet halt zum Berg. Und ein Berg hieß Charlie Wax. Sie hatten ihn hart rangenommen, Kappl hatte nicht das Gefühl, ihm etwas zu schulden; aber letztlich hatte sich Charlie als tragische Figur erwiesen und nicht als Bösewicht. Kathi war die treibende Kraft gewesen. Die schöne, harmlose, frustrierte Polizistin, die niemand wirklich gekannt hatte. Das würde Deininger morgen auch zu spüren bekommen. Dass man Menschen falsch einschätzte und dass die Konsequenzen daraus einschlagen konnten wie ein Blitz.

Kappl stieg in seinen Benz, und er fühlte sich fast wie zu Hause. Der Diesel schnurrte beruhigend, er lenkte den Wagen hinunter zur Saar, zur Rockfabrik. Sein erster Mord als Leiter einer Mordkommission war aufgeklärt, weil alle letztlich bei der Sache geblieben waren. Gerda Braun hatte vorbildliche Arbeit geleistet und kriminalistischen Spürsinn gezeigt. Horst Jordan hatte sein Überstundenkonto zum Überlaufen gebracht. Auch das hatte Kappl geklärt. Jordan würde ab nächster Woche vierzehn Tage in Urlaub geschickt. Ben, dessen Nachnamen Kappl immer noch nicht kannte, hatte unermüdlich Aussagen gefiltert, Zeitpläne erstellt und die Akten auf dem neuesten Stand gehalten. Und Rhea. Kappl wurde es heiß. Er hatte den Gedanken an sie die ganze Zeit erfolgreich verdrängt.

Der Benz fand den Weg wie von selbst. Charlies Chopper wartete vor dem Eingang zur Rockfabrik, die Tür stand offen. Kappl trat ein, erinnerte sich an die Schießerei, an das Konzert zum Gedenken an Kathi. Ihre Stimme wehte durch den Saal, Kappl folgte dem Gesang bis in Charlies Wohnzimmer. Zigarettenqualm hing unter der Decke, Flaschen standen herum, Bier, Whiskey, der Fernseher zeigte ein Video von Charlie Wax, Kathi Schaller und Band. Und wieder sang sie: »I miss you.« Sie lachten miteinander, die Band rockte, was das Zeug hielt, Kappl befiel eine leise Melancholie. Menschen sterben. Träume sterben. Bei Charlie war er sich nicht sicher, was ihm mehr zu schaffen machte: Kathis Tod oder der Tod seiner Träume. Auf jeden Fall konnte Kappl Charlie einen Gefallen tun und gleichzeitig herausfinden, was dem Mann wichtiger gewesen war. Das Band stoppte. Charlie drückte die Zigarette aus, Kappl trat neben ihn. Er musste seine Gegenwart gespürt haben, Charlie sah ihn einfach an.

»Ich wollte nur sagen, dass ich mir nach allen Ermittlungen ganz sicher bin, dass Kathi nur mit Bader geschlafen hat, um an das Geld ranzukommen. Seine Frau wird wegen Mordes an Kathi angeklagt.«

Charlie schaute auf den Bildschirm. Kathis Profil, ihre Locken, ihr Lächeln. Kappl konnte nach wie vor nicht verstehen, dass Charlie nicht ausrastete. Ihm hätte es das Herz zerrissen. Aber Kappl war erfahren genug, sich nicht als das Maß aller Dinge zu nehmen. Und außerdem … Trauer drückte wieder die Kehle hoch. Kappl dachte an seine Mutter und schluckte.

»Tja. Nur für uns hat sie es getan. Für unseren Traum.«

Also doch der Traum. Charlie trauerte, wenn überhaupt, um sich selbst, nicht um Kathi.

Charlie schwieg eine Minute, trank Bier, zündete sich eine neue Zigarette an. Kappl wartete, unterdrückte seine Enttäuschung und die Erinnerungen an seine Mutter.

»Das war es doch alles nicht wert.« Charlie stieß Luft

aus, zerdrückte die Zigarette im Aschenbecher. »Und das Schlimmste ist …«, Charlie rang das erste Mal, seit Kappl ihn kannte, um Fassung, »… wenn ich sie nicht so angebrüllt hätte, nachdem sie mit dem Typ im Auto zusammen war, dann wäre sie hier bei mir geblieben, und die Bader hätte sie nicht erschossen.«

Er gab sich die Schuld. Kappl wusste, dass es keine Absolution gab und keinen Trost, dennoch versuchte er es. »Vielleicht wäre sie hier aufgekreuzt, und vielleicht wärst du auch noch draufgegangen.«

»Scheißegal.« Charlie sprang auf, knallte die Flasche auf den Tisch und rannte in den Plattenladen, kam sofort zurück und hielt Kappl ein Cover hin.

»›First time alone‹ ist Song Nummer 3 auf der B-Seite.«

»Was kostet die?« Kappl wunderte sich über nichts mehr.

Charlie lächelte schwach. »Komm. Nimm sie einfach. Hier wird doch sowieso alles verscherbelt, um die Anwaltskosten und den ganzen Mist zu bezahlen.«

»Danke. Ich pass drauf auf.« Mehr war nicht zu sagen. Kappl wandte sich ab und klatschte Charlie zum Abschied das Cover auf den Arm. Wie ein alter Freund. Verdammt, dachte Kappl. Wenn Charlie clever wäre, würde er den ganzen Presserummel um Kathi Schallers Ermordung nutzen und ein Album herausbringen, mit ihrer Stimme und ihrer Geschichte. Aber Charlie hatte Kathi geliebt. Niemals würde er aus ihrem Tod Kapital schlagen können. Nein, er war zum Verlieren verurteilt.

Kappl fuhr in die Kantstraße. Wohnungsbesichtigung. Ein Eckhaus, Erdgeschoss. Ein kleiner Balkon, große Fenster, nebenan ein Stück Wiese und auf der anderen Seite der Echelmeyerpark. Ein grüner Fleck in der Stadt, bis ins Zentrum waren es keine zehn Fußminuten. Er wurde sich schnell einig mit dem Vermieter, die Wohnung war renoviert, die Einbauküche übernahm er für zweitausend Euro, die Waschmaschine gab es umsonst.

Der Umzug dauerte eine knappe Stunde, dann fuhr er nach Saarlouis zu Ikea, kaufte sich ein Bett, eine Kommode, einen Esstisch, vier Stühle und ein paar Lampen. Immer wieder ging er in Gedanken durch, was er Deininger morgen sagen würde. Ein falsches Wort, und die ganze Veranstaltung würde eine Katastrophe werden.

Gegen zehn legte er sich in sein neues Bett und schlief augenblicklich ein.

FÜNF

Deininger saß schon am Schreibtisch. Es war gerade mal sieben Uhr. Kappl hielt ihm die Platte hin, die Charlie ihm geschenkt hatte. Deininger warf einen kurzen Blick darauf und versuchte ein freundliches Lächeln. Kappl setzte sich, beobachtete seinen Kollegen. Es gab keinen Weg mehr zurück.

»Alles okay?«

»Alles okay, Chef«, sagte Deininger

»Jetzt lass endlich dieses ›Chef‹!«

»Okay, Chef.«

Kappl beugte sich über den Schreibtisch, hielt seine Hand hin. »Ich bin der Franz.«

Deininger zögerte, aber Kappl hatte nicht vor, die Hand zurückzuziehen.

»Okay, Chef.« Der ehemalige Kriminaloberkommissar griff zu. »Stefan.«

Ein kräftiger Händedruck. Deininger würde Kraft brauchen für das, was ihm bevorstand.

»Es ist halt so …« Er holte tief Luft. »Seitdem du hier bist, da steh ich jeden Morgen auf und denk, ich werd nicht mehr Hauptkommissar. Also nicht bei der Stellensituation. Da kannst du nichts dafür, aber es ist hart.«

»Weißt du was? Wir gehen jetzt frühstücken, ich lade dich ein.« Kappl nahm seine Jacke und sagte: »Gut gess iss schnell!«

Deininger verdrehte die Augen. »Eben nicht schnell!« Er ruderte verzweifelt mit den Armen.

Sie liefen den Flur des Schreckens entlang, und Deininger musste kein Kommissar sein, um zu merken, dass hier was nicht stimmte.

»Wir gehen in die falsche Richtung«, bemerkte er und zeigte auf den Ausgang.

»Ja, sicher«, erwiderte Kappl. »Ich muss noch was erledigen vorher. Weil ...«

Deininger kniff die Augen zusammen, sie waren vor dem Besprechungsraum der MOKO stehen geblieben.

»... weil du in Saarbrücken nicht Kriminaloberkommissar bleiben kannst.«

Deininger wurde blass. Wie erwartet.

»Aber das klären wir am besten hier drin.« Kappl schob den gelähmten Kollegen durch die Tür. Gott sei Dank hatte er Deininger diesmal richtig eingeschätzt. Der Schock, versetzt zu werden, war so groß, dass Deininger nicht reagieren konnte. Er fühlte sich an wie ein Stück Holz.

Die Tür ging auf, und die gesamte Abteilung rief den beiden entgegen: »Herzlichen Glückwunsch, Herr Hauptkommissar!«

Die Tische waren mit blau-weiß karierten Decken überzogen, saarländische Lyoner schmiegte sich an bayerischen Speck, Zwiebelbrot an Baguette aus Frankreich.

Deininger ermordete Kappl mit einem Blick, denn natürlich musste er annehmen, dass dies seine Abschiedsfeier war, er nach Bayern abgeschoben und gleichzeitig Kappls Einstand gefeiert wurde.

Die Personalchefin trat auf ihn zu, ein Wunder, dass Deininger sie nicht auf der Stelle erschoss. Sie hielt ihm ein Dokument hin. Deininger nahm es wie ein zum Tode Verurteilter. Er las. Er schwieg. Ließ das Dokument sinken. Las noch mal. Seiner Kehle entfuhr ein Krächzen, das so ähnlich klang wie: »Das gibt es ja wohl nicht.«

»Gell, do guggsche«, sagte die Personalchefin.

Deiningers Miene hellte sich auf, er begann zu strahlen. »Kriminalhauptkommissar bei der Mordkommission Saarbrücken! Das gibt's doch nicht!«, rief er.

Kappl trat zu ihm, verpasste ihm einen Knuff in den Oberarm, dass er fast die Ernennungsurkunde verlor.

»Respekt, Kollege Deininger!«

Rhea reichte Deininger ein Sektglas.

»Wer hat denn das hingekriegt?«, fragte er in die Runde.

Rhea nickte zu Kappl hin, der sich am Buffet zu schaffen machte.

»Und wie?«

»Saarländisch«, sagte Rhea.

Kappl konnte nicht anders, als dieses Lächeln zu bewundern.

Seine schlimmste Befürchtung war Realität geworden. Er hatte sich in Rhea Singh verknallt. Und zwar anständig. Aber jetzt musste erst mal gefeiert werden.

Deininger kam aus dem Grinsen nicht mehr heraus. »Saarländisch? Der?«

»Natürlich nicht alleine«, erklärte Gerda Braun. »Die Bereitschaftspolizei hat eine Beförderungsstelle gehabt, und das Personalreferat hat irgendwann zugestimmt, dass die zur Kripo kommt, dafür haben wir denen eine halbe BAT-Stelle gegeben …«

Deininger führte Gerdas Vortrag zu Ende: »… dann hat der Personalrat auf die Ausschreibung verzichtet, der Präsident hat die Personalreferentin angerufen …«

»Nicht angerufen«, unterbrach Kappl und schwenkte sein Weißbierglas, »… die sind in die Linde und haben ›gut gess‹?« Er schaute sich fragend um und erntete zustimmendes Gelächter. Endlich konnte Deininger lachen.

»Ei gudd, dann. Das geht heut alles auf mich«, versicherte der neue Hauptkommissar.

»Nur der Crémant«, sagte Gerda, »sonst macht alles der Chef.«

Deininger nickte anerkennend, hielt Kappl das Glas hin. Dann verzog er das Gesicht.

»Also Crémant und Weißbier … Ich weiß nicht. Na, dann prost!«

Kappl hob das Glas. Schade eigentlich, dachte er und nahm einen tiefen Schluck. Alles hat seine zwei Seiten. Das ist das Ende einer wunderbaren Feindschaft.

Das Erste

rbb
RUNDFUNK BERLIN-BRANDENBURG

Oliver G. Wachlin
BLINDER GLAUBE
Nach dem Tatort-Krimi von Andreas Pflüger
Begleitbuch zur gleichnamigen
ARD-Serie »Tatort«
Agentur: WDR mediagroup licensing GmbH
Broschur, 160 Seiten
ISBN 978-3-89705-660-2

Heilung um jeden Preis
Ein brandneuer medizinischer Chip soll Blinde wieder sehen lassen. Doch kurz vor der bahnbrechenden Operation wird die Chefärztin der Berliner Uni-Augenklinik ermordet. Ritter und Stark geraten in einen Sumpf privater und beruflicher Verwicklungen in der Klinik, der sie für die verblüffende Lösung am Ende fast blind macht.

Oliver G. Wachlin
TODESSTRAFE
Nach dem Tatort-Krimi von Mario Giordano
und Andreas Schlüter
Begleitbuch zur gleichnamigen
ARD-Serie »Tatort«
Agentur: WDR mediagroup licensing GmbH
Broschur, 176 Seiten
ISBN 978-3-89705-665-7

Hysterie und Selbstjustiz in Leipzig
Zeit für Privates bleibt Eva Saalfeld und ihrem Exmann Andreas Keppler bei ihrem Wiedersehen in Leipzig nicht. Es gilt, den Mord an einem angeblichen Kinderschänder aufzuklären. Saalfeld und Keppler suchen die Antwort auf die Frage nach moralischer Schuld – und müssen erkennen, dass alles anders ist, als es scheint.

Das Erste

WDR

Martin Schüller
DIE BLUME DES BÖSEN
Nach dem Tatort-Krimi von Thomas Stiller
Begleitbuch zur gleichnamigen
ARD-Serie »Tatort«
Agentur: WDR mediagroup licensing GmbH
Broschur, 160 Seiten
ISBN 978-3-89705-658-9

Jagd auf Ballauf

Kommissar Max Ballauf wird übel mitgespielt: Ein anonymer Anrufer terrorisiert ihn, und eine junge Frau, mit der er vor Jahren einen One-Night-Stand hatte, wird tot aufgefunden. Und aus einer alten Rechnung wird ein tödliches Spiel …

BR

Martin Schüller
A GMAHDE WIESN
Nach dem Tatort-Krimi von Friedrich Ani
Begleitbuch zur gleichnamigen
ARD-Serie »Tatort«
Agentur: WDR mediagroup licensing GmbH
Broschur, 160 Seiten
ISBN 978-3-89705-664-0

Kampf um die besten Wiesnplätze

München kurz vor Beginn des Oktoberfestes: Der Stadtrat, der bei der Vergabe der Wiesn-Lizenzen das letzte Wort spricht, wird ermordet. Während die Kommissare Batic und Leitmayr eine stattliche Liste von Geliebten des Toten abklappern, kämpfen die Wirte um die besten Plätze auf der Theresienwiese.